COLLECTION FOLIO

Marcel Aymé

La bonne
peinture

Gallimard

Cette nouvelle est extraite du recueil *Le vin de Paris* (Folio n° 1515).

© *Éditions Gallimard*, 1947.

Dernier-né d'une famille de six enfants, Marcel Aymé voit le jour à Joigny dans l'Yonne en mars 1902. À la mort de sa mère, le petit garçon est confié à la garde de ses grands-parents dans le Jura où il fait toute sa scolarité. Après son baccalauréat, il commence des études d'ingénieur mais une grave maladie l'oblige à les interrompre. Après son service militaire en Allemagne, il s'installe à Paris et exerce divers métiers : journaliste, employé de banque, chef de rayon... mais tombe à nouveau malade et rentre dans le Jura. À l'instigation d'une de ses sœurs, il commence alors à écrire un roman, *Brûlebois,* qui paraît en 1926. Il n'arrêtera plus d'écrire. En 1929, *La Table-aux-Crevés* reçoit le prix Théophraste-Renaudot et lui apporte la notoriété. De retour à Paris, il emménage dans le XVIIIe arrondissement (où une place porte aujourd'hui son nom) ; il collabore à différentes revues (*Gringoire, Paris-Soir, Marianne*) et épouse Marie-Antoinette Arnaud. Il publie *La jument verte* en 1933, et commence *Les contes du chat perché* qui lui valent un immense succès populaire. Il écrit des dialogues pour des films comme *Les mutinés de l'Elseneur* (1936) ou *Le voyageur de la Toussaint* d'après Simenon (1942). En 1943 paraît le recueil *Le passe-muraille,* puis *Le vin de Paris* en 1947. Ses propres œuvres commencent aussi à être adaptées au cinéma : *Le passe-muraille* avec Bourvil, *La Table-aux-Crevés* avec Fernandel, *La traversée de Paris* avec Bourvil et Jean Gabin... En 1950, il refuse de siéger à l'Académie française. Marcel Aymé meurt le 14 octobre 1967 et est enterré au cimetière de Montmartre.

Écrivain prolifique, romancier, auteur de nombreux contes et nouvelles, dramaturge, scénariste et dialoguiste, Marcel Aymé a laissé une œuvre dans laquelle il mêle une grande connaissance de l'âme humaine à une légèreté fantaisiste et pleine d'humour.

Découvrez, lisez ou relisez les livres de Marcel Aymé :

ALLER-RETOUR (Folio n° 1445)

LA BELLE IMAGE (Folio n° 205)

LA RUE SANS NOM (Folio n° 1125)

MAISON BASSE (Folio n° 1019)

LE CHEMIN DES ÉCOLIERS (Folio n° 143)

LES CONTES DU CHAT PERCHÉ (Folio n° 343)

DERRIÈRE CHEZ MARTIN (Folio n° 432)

ENJAMBÉES (Folio n° 3449)

LA JUMENT VERTE (Folio n° 817)

LE NAIN (Folio n° 912)

LE PASSE-MURAILLE (Folio n° 961 et Foliothèque n° 43)

LA TABLE-AUX-CREVÉS (Folio n° 116)

LES TIROIRS DE L'INCONNU (Folio n° 1724)

TRAVELINGUE (Folio n° 500)

URANUS (Folio n° 224)

LE VIN DE PARIS (Folio n° 1515)

LA VOUIVRE (Folio n° 167)

À Montmartre, dans un atelier de la rue Saint-Vincent, demeurait un peintre nommé Lafleur, qui travaillait avec amour, acharnement, probité. Lorsqu'il eut atteint l'âge de trente-cinq ans, sa peinture était devenue si riche, si sensible, si fraîche, si solide, qu'elle constituait une véritable nourriture et non pas seulement pour l'esprit, mais bien aussi pour le corps. Il suffisait de regarder attentivement l'une de ses toiles pendant vingt ou trente minutes et c'était comme si l'on eût fait, par exemple, un repas de pâté en croûte, de poulet rôti, de pommes de terre frites, de camembert, de crème au chocolat et de fruits. Le menu variait selon le sujet du tableau, sa composition et son coloris, mais il était toujours très soigné, très abondant et il n'y manquait même pas la boisson. S'il fut le premier à en profiter, Lafleur méconnut longtemps cette vertu singulière de sa peinture. Ayant presque perdu le boire et le manger et constatant qu'il engraissait néanmoins, il se figura qu'il était malade et vécut un moment confiné dans son atelier. On ne le rencontrait plus guère dans les rues de Montmartre ni dans les cafés où le plaisir de boire ne l'attirait plus. Un jour qu'il était sorti pour se procurer des couleurs, il rencontra Hermèce, son marchand de tableaux de la rue de La Boétie, venu sur la Butte pour affaire.

— Qu'est-ce qui vous arrive ? demanda Hermèce avec inquiétude. Ma parole, vous avez une mine superbe.

— Ne m'en parlez pas, je crois que je suis en train de faire de l'anémie graisseuse. C'est incroyable. Je prends du poids, je prends de l'embonpoint et pourtant je ne mange presque plus. J'ai beau essayer de me forcer, rien à faire, la nourriture ne passe pas, vous me croirez si vous voulez, mais mes tickets de viande me suffisent. C'est tout dire.

Rassuré, Hermèce fit des vœux pour que Lafleur retrouvât l'appétit. Il avait craint d'abord que le peintre n'eût fait un héritage et ne prétendît lui vendre ses toiles plus cher.

— Dites donc, voilà bien longtemps que vous ne m'avez rien donné. Au moins quatre mois. Voyons, vous avez bien quelque chose pour moi ?

— J'ai pas mal travaillé, répondit Lafleur. Je suis même assez content de ce que j'ai fait. Sans vouloir me donner de coups de pied, je crois que j'ai deux ou trois trucs vraiment réussis. Guichard, le critique de *Crépuscule*, qui est venu me voir hier, a été emballé.

— Tant mieux. Guichard se trompe souvent, mais il a quelquefois un coup d'œil assez juste.

— Antrax a été emballé aussi.

— Il est très jeune. Avec les années, il se fera certainement. Mais quelle sale époque pour la peinture. C'est le marasme complet. On ne vend rien de rien, sauf les grands ténors, naturellement. Mais, pour la production moyenne, je ne vends pas ça.

— C'est ce que me disait un marchand du faubourg Saint-Honoré, répliqua Lafleur froissé. Je n'ai pas voulu le croire quand il m'affirmait que votre galerie était en train de tomber, mais puisque vous me le dites vous-même...

— Quel est le dégoûtant qui vous a raconté ça ? C'est au moins ce cochon de Werthem. Si, c'est lui, je suis sûr que c'est lui, mais je lui revaudrai ça. Vous pensez comme elle est en train de tomber, ma galerie ! Jamais elle n'a été plus solide. Werthem peut toujours s'aligner. Il essaie de vous attirer chez lui, de vous embrigader dans son muséum de fossiles...

— Mais puisque je vous dis que ce n'est pas lui !

— Les affaires, j'en suis très content, justement. Bien sûr, la vente n'est plus ce qu'elle était sous l'occupation. Mais l'occupation, c'était une époque en or, qu'on ne reverra peut-être jamais. En tout cas, mon petit, soyez tranquille. Pour vous, je trouverai toujours moyen de me débrouiller. Tenez, allons voir vos toiles.

Hermèce accompagna Lafleur jusqu'à son atelier de la rue Saint-Vincent. Il s'arrêta d'abord devant une toile à laquelle travaillait le peintre et qui représentait un bouquet d'anémones.

— Il est loin d'être fini, avertit Lafleur. Là, par exemple, j'ai encore des choses qui ne sont pas sorties. Là aussi. Et j'ai décidé de reprendre le haut, je trouve la lumière trop jolie. Mais je crois que la toile ne vient pas mal. Je la sens. Je l'ai dans les doigts.

— Pas mal, murmura Hermèce, pas mal du tout. Vous êtes en progrès.

Lafleur ôta le bouquet de sur le chevalet, puis le remplaça par un portrait de femme. Le marchand l'examina longuement et ne cacha pas son admiration. À la troisième toile qui représentait une lampe pigeon, il eut un accès d'enthousiasme, s'écriant que Lafleur avait décidément crevé le plafond. Mais tandis que le peintre faisait défiler devant lui sa production des derniers mois, Hermèce sentait lui monter au visage des bouffées de chaleur. Ses joues se congestionnaient, il avait les oreilles très rouges et sa chair s'engourdissait dans un bien-être pesant. Ayant d'abord desserré le nœud de sa cravate, il déboutonna son gilet, puis lâcha la boucle de sa ceinture de pantalon.

— Je suis content d'avoir vu vos machines, dit-il en bâillant. Pas d'erreur, vous êtes en train d'avancer. J'ai vraiment envie de faire quelque chose pour vous. Tenez, je vous prends une demi-douzaine de vos toiles. D'accord?

— Ça dépend. Si vous me les payez honnêtement...

— Je vous les paie huit mille. Je prends un gros risque, mais tant pis. Je suis décidé à faire un effort.

— N'en parlons plus. Mais s'il vous reste une toile de moi, je suis prêt à vous la racheter quinze mille.

Hermèce sourit avec bonhomie. Il éprouvait une disposition à l'optimisme et à la bonté. S'en étant soudainement avisé, il redevint sérieux.

— Les peintres sont tous les mêmes, soupira-t-il. Le moindre compliment leur monte à la tête. Si par chance ou par persévérance ils introduisent dans leur manière de peindre un petit effet qui soit comme une vague promesse de renouvellement, les voilà dans tous leurs états. Ils se figurent que tout Paris va entrer en effervescence et se disputer leurs toiles à coups de millions. On a beau leur dire que les vrais amateurs n'achètent plus, que les seuls clients d'aujourd'hui sont des épiciers qui n'en ont qu'aux signatures, on perd sa salive. Ils ne croient qu'aux contes de fées. Ah! la guerre vous aura fait bien du mal. Quand je pense qu'autrefois des peintres d'avenir, des maîtres déjà reconnus acceptaient de végéter toute une moitié de leur vie et de vendre leurs tableaux pour une bouchée de pain, quel changement. Enfin, comme vous dites, n'en parlons plus. Du reste, il est tard. Je me demande même si j'ai le temps de passer rue Gabrielle. Je me proposais d'aller dire bonjour à Poirier. On vient de me dire que ces derniers temps, il a fait des choses vraiment étonnantes.

Au seul nom de Poirier, le regard de Lafleur avait flambé, ses lèvres s'étaient pincées. Les deux peintres, Hermèce ne l'ignorait pas, étaient séparés par une rivalité déjà ancienne que les années avaient exaspérée, tendue jusqu'à la haine. Lafleur appelait Poirier «l'Arbre sec» et en avait reçu lui-même le surnom de «la Fleur de Navet». Lorsque le hasard les mettait face à face, ils échangeaient toujours des propos acides, parfois des injures et il leur était même arrivé d'en venir aux mains.

— Un type curieux, ce Poirier, dit Hermèce. Figurez-vous que l'autre jour, j'ai fait la connaissance de son amie, Loulette Bambin. Jolie fille, ma foi.

— Si on veut. Elle a les fesses plates.

— Ah? Je n'ai pas remarqué. C'est elle qui m'a parlé de la peinture de Poirier, que je connais mal. Qu'est-ce que vous en pensez, de sa peinture ?

— Je la trouve insignifiante. Il profite d'un certain goût de notre époque pour les impuissants. Poirier est de ces gens dont on répète volontiers qu'ils sont formidables, qu'ils ont du génie à revendre, et qui ne font jamais rien parce qu'ils n'ont sans doute pas les moyens de réaliser leurs idées. Toute sa vie, il restera cantonné dans les petites élégances plus ou moins piquantes. Notez que mes appréciations n'ont aucune valeur, ajouta honnêtement Lafleur, je déteste Poirier et j'ai toujours été à couteaux tirés avec lui.

Le marchand de tableaux parut méditer le jugement de Lafleur qui le regardait d'un œil inquiet, dans la crainte que Poirier ne vînt à le supplanter à la galerie Hermèce, ce dont il ne manquerait pas de tirer vanité.

— Je vous répète que je n'aime pas Poirier et que j'ai pu être injuste pour sa peinture. Je ne voudrais surtout pas l'empêcher d'aller chez vous si ça lui chante.

— Écoutez, mon petit, ce qui m'intéresse d'abord, c'est votre peinture à vous. Si vous étiez un peu plus raisonnable, je vous assure que vous n'auriez pas à le regretter. J'ai une demande d'un architecte chargé de la décoration d'un hôtel particulier : un magnat du marché noir qui vient de se faire une virginité dans la politique. Rien que dans cette affaire-là, je vous place deux ou trois toiles. Mais, comme de juste, j'aurai dix mille francs à donner à l'architecte, au bas mot. Ajoutez à ça mes frais généraux, mes frais d'encadrement, mon bénéfice et calculez. Si je vous achète trop cher, je suis obligé de faire un prix exorbitant, parfaitement prohibitif.

— Ça va, Hermèce, vous me possédez une fois de plus, vieux renard. Allons-y pour douze mille.

Hermèce pensa marchander encore, mais cette sensation de bien-être qu'il avait commencé d'éprouver tout à l'heure s'était accrue pendant la discussion et engourdissait maintenant sa volonté. Du reste, le résultat auquel il était parvenu lui paraissait des plus satisfaisants. Il fit mettre de côté une demi-douzaine de toiles qu'il devait envoyer chercher le lendemain et en emporta une sous le bras. Comme Lafleur lui proposait de l'envelopper, il refusa.

— Pas la peine. Je dois retrouver Bonnier place du Tertre. Il m'emmène dîner chez lui en voiture. Entre parenthèse, je n'ai pas faim du tout et c'est même assez surprenant : tout à l'heure je me sentais une faim de loup. À croire que vous m'avez passé votre maladie.

— Oh ! moi, c'est bien autre chose. J'ai toujours l'impression de sortir de table. Ce n'est d'ailleurs pas tellement désagréable. On a l'illusion que le monde tourne pour nous et que tout y est pour le mieux. Dites donc, ne partez pas sans me signer mon chèque.

— Tiens, c'est vrai, je n'y pensais plus à votre chèque.

Sa toile sous le bras, Hermèce entreprit l'ascension de la rue des Saules, qui lui sembla rude. Il faisait une fin de journée comme d'été, pourtant d'avril, et le marchand de tableaux sentait sa chemise lui coller à la peau. La vue des jardins déjà feuillus dont les grands murs encaissaient le haut de la montée lui inspira une nostalgie de vacances, de campagne et de longues siestes. Il se souvint d'avoir éprouvé le même regret l'avant-veille au sortir d'un banquet où l'on avait fêté les vingt-cinq ans du chef de l'école de peinture infra-conceptualiste. Suant et soufflant, il parvint au sommet de la côte et rencontra Poirier qui venait par la rue Norvins en compagnie de Loulette Bambin. Après poignées de main et propos aimables, Hermèce ne cacha pas qu'il sortait de l'atelier de Lafleur. Poirier ricana et ses yeux jaunes eurent à peu près l'expression qu'avaient eue tout à l'heure ceux de son ennemi.

— On peut voir? demanda Loulette en désignant la toile que le marchand portait sous le bras.

Hermèce retourna la toile qui représentait, dans une harmonie de jaune et de rose, une fillette assise au milieu d'un massif de fleurs.

— Joli, n'est-ce pas ? C'est d'une plénitude, d'une densité. Ça vous a une autorité. Et pourtant, ça reste très libre. Qu'est-ce que vous en dites ?

— Je vous dirai très franchement que je n'aime pas du tout ça, déclara Poirier. C'est lourd, appuyé, consciencieux. Toutes les intentions sont visibles comme le nez et en fin de compte, c'est très enfermé dans le métier. La composition est-elle assez banale ? À croire qu'il a travaillé avec un manuel du nombre d'or dans la main gauche. Voyez la couleur. Les accords sont justes, mais tellement faciles, attendus. Ce tableau-là ferait peut-être un bon calendrier des postes et c'est d'ailleurs de ce côté-là que Lafleur aurait dû chercher sa voie.

— Tu exagères, protesta Loulette qui craignait de mécontenter le marchand.

— Pas du tout. C'est exactement ma pensée. Je reconnais du reste qu'il y a dans une toile comme celle-ci un métier très poussé, malheureusement trop apparent, mais je n'y vois rien d'autre. Lafleur ne sortira jamais de son métier. Aucune poésie, aucune fantaisie, pas le moindre sens de la grandeur. C'est un bon ouvrier appliqué qui travaille et qui travaillera toujours à ras de terre. D'ailleurs, quand on connaît l'homme, on sait ce que vaut le peintre.

— Vous êtes injuste, Poirier.

— Injuste ? Je vous dis, moi, que Lafleur sera de l'Académie.

— Non, tout de même. Non, Poirier, vous n'avez pas le droit. Il y a dans sa peinture une profondeur, une vibration et je ne sais quelle intimité avec la substance de la vie qui vous prennent positivement aux tripes. Regardez-moi cette main, cette chair, cette lumière. C'est étonnant.

— Vous déraillez, Hermèce.

— Possible. En tout cas, je suis sûr de ce que je sens. Mais si on parlait un peu de votre peinture, à vous ?

Poirier n'avait pas quitté du regard la toile de son rival et ne leva même pas les yeux pour parler de sa propre peinture. Il avait beaucoup travaillé tous ces derniers temps et s'était livré à certaines recherches qu'il croyait des plus fécondes. Il en parlait avec un enthousiasme si chaleureux qu'Hermèce en fut impressionné et manifesta le désir de voir le résultat.

— Venez un jour à mon atelier, proposa Poirier. Je crois vraiment que vous serez surpris. Je ne dis pas que j'aie réussi à aller au bout de mes intentions, ni même que j'y réussirai, mais j'ai ouvert une fenêtre, j'ai dégagé une pente. Vous verrez, mon vieux, vous verrez où va la vraie peinture.

Ayant pris rendez-vous, Hermèce gagna la place du Tertre. Loulette et Poirier flânèrent un moment par les rues et, vers huit heures du soir, entrèrent dans un restaurant de la rue Caulaincourt où ils avaient projeté de dîner. Poirier prit le menu et, après y avoir jeté un coup d'œil, déclara :

— Je m'aperçois que je n'ai pas faim, mais vraiment pas faim du tout.

— C'est drôle, dit Loulette, moi non plus. Je sens que je n'avalerai pas seulement une bouchée.

Le lendemain matin, vers onze heures, dans la salle des Pas-Perdus de la gare Saint-Lazare, un homme d'une trentaine d'années, mal vêtu et malodorant, rôdait autour des guichets dans l'espoir de ramasser un billet de banque échappé au portefeuille d'un voyageur. Son attention allait surtout aux voyageurs encombrés de bagages ou d'enfants, qui extrayaient à grand-peine leur argent d'une poche ou d'un sac. Mais les plus embarrassés, les plus maladroits, les plus pressés, se tiraient d'affaire avec un bonheur désespérant. L'argent ne s'égarait pas et la foule s'écoulait autour de l'homme seul sans offrir aucun point de contact. Il lui paraissait de plus en plus impossible qu'un événement, même minime, pût le concerner personnellement. Ce fut bientôt sans la moindre anxiété qu'il surveilla les gestes des voyageurs, ne s'obstinant à ce jeu que pour tenter d'y oublier les crispations de son estomac, le cercle douloureux qui lui serrait la tête et pesait à ses paupières, et cette troublante sensation de flotter dans une enveloppe de vide à la forme de son corps, vide à travers lequel les bruits de l'extérieur parvenaient comme les sons apaisés d'un au-delà. Enfin, il se désintéressa si complètement de sa surveillance qu'il l'abandonna sans même l'avoir voulu et presque à son insu.

Après avoir traversé la cour de Rome, l'homme vogua sur le carrefour au milieu d'un groupe de passants et s'engagea, sans choisir, dans l'une des rues qui s'ouvraient devant lui. Son échec de la gare Saint-Lazare l'avait déprimé. Un instant, il eut conscience de cette diminution. Il n'éprouvait plus, comme les jours précédents, le sentiment amer d'être poursuivi par une malchance tenace. La veille encore, jour où il avait mangé le dernier morceau de pain, il lui avait semblé à maintes reprises reconnaître les intentions d'un sort ironique, mais par là même attentif. Maintenant, il ne sentait plus autour de lui qu'une providence morte, un océan d'indifférence où il n'y avait plus rien à fléchir. Fatigué, les jambes molles, un peu tremblantes, il s'arrêtait un moment et regardait sans s'y intéresser le mouvement de la rue.

L'homme traversa un autre carrefour où il

manqua se faire écraser et regarda l'avenir dans la perspective d'une rue animée. Quand il aurait marché une demi-heure ou une heure, le temps n'importait pas, il arriverait à un carrefour, à une rue, puis à un carrefour. L'avenir ne signifiait plus rien, n'était plus qu'une étendue de douleur dans un présent interminable. L'idée lui vint tout à coup que cette immobilité du temps était le commencement de la mort et il fut pris de panique. Harassé, souffrant, coupé du monde et désespéré, l'homme tenait furieusement à la vie. Il se mit à fuir devant la mort aussi vite que ses jambes pouvaient le porter. L'extrême fatigue l'obligea à ralentir le pas et, comme il jetait un coup d'œil en arrière pour voir où il en était avec la mort, son regard rencontra un bariolage dans la vitrine d'un magasin et s'y arrêta. Cette harmonie de jaunes et de roses, où il n'aperçut tout d'abord qu'une tache confuse, dissipa aussitôt ses obsessions funèbres et l'incita à s'approcher de la vitrine. Ses maux de tête lui brouillaient la vue, les couleurs du tableau dansaient, sautaient, s'éparpillaient. Mais au premier moment, avant même d'avoir rassemblé ses impressions, saisi des formes et des contours, il éprouvait une incroyable sensation de bien-être, de bonheur, de réconfort. La vie renaissait dans son corps exténué, son sang courait plus vite et une légère chaleur se répandait dans sa chair. L'enveloppe de vide où il était isolé commençait à se dissiper. Les bruits de la rue lui parvenaient plus clairs et plus francs, comme si ses oreilles se débouchaient tout à coup. Sa faim, déjà moins aiguë, restait toutefois assez douloureuse pour lui permettre d'apprécier la valeur de ces sensations et d'établir à coup sûr un lien de cause à effet. La vertu nourricière du tableau lui apparut avec évidence. Le regard ardent, la bouche fendue par un rire sauvage et le corps tremblant d'avidité, il ne quittait pas des yeux le massif de fleurs où se blottissait une fillette en robe jaune. Peu à peu, ses jambes s'affermissaient, sa faim devenait moins pressante et lui laissait l'esprit plus libre et plus agile. À la réflexion, sa découverte lui parut étonnante et finit par l'inquiéter. Craignant d'être victime d'une illusion, il s'écarta un moment de la vitrine et l'expérience fut concluante, car il éprouva sans doute possible la sensation d'interrompre un repas. Ce bien-être si vivement ressenti, qui accompagnait la satisfaction d'un besoin, disparut rapidement. Il ne resta plus que le besoin lui-même, un appétit encore exigeant. L'expérience inverse le confirma dans sa certitude. En revenant au tableau, l'affamé sentit se rétablir dans son organisme un courant de chaleur et de béatitude. Dès lors il ne pensa plus qu'à s'alimenter et cessa de se poser des questions. Pendant qu'il réparait ainsi ses forces, un visage contrarié apparut à plusieurs reprises derrière le rideau de velours marron séparant la vitrine du magasin, mais il n'y prit même pas garde. Enfin rassasié et craignant d'autre part qu'après un long jeûne, un excès de nourriture ne lui fût préjudiciable, il alla s'asseoir dans le square le plus proche. La vie lui paraissait maintenant une aventure facile, pleine de certitudes rassurantes. Il se reprochait d'avoir méconnu l'importance des arts, particulièrement de la peinture. « J'étais comme tout le monde, je croyais que ça ne servait à rien. Les gens passent devant les tableaux sans s'arrêter, ils n'ont pas le temps de se rendre compte. Il y en a même qui s'esclaffent ou qui haussent les épaules. Moi-même, qui ne suis pourtant pas un imbécile, je me souviens d'avoir ricané comme tant d'autres. Mais maintenant que je comprends la peinture, c'est une chose qui ne m'arrivera plus. » Songeant à tous les marchands de tableaux qui tenaient boutique à Paris, l'homme s'endormit avec un sourire d'extase.

En s'éveillant, sa première pensée fut qu'il venait de faire un rêve heureux et absurde. De fait, il se sentait un vif appétit. « Hélas, soupira-t-il, ce serait trop commode. » Pourtant, lorsqu'il eut fait quelques pas dans le square, il se rendit compte qu'il était alerte et dispos. Ses mouvements étaient souples, faciles, ses muscles solides et les douleurs de la tête et de l'estomac, endurées depuis la veille, avaient entièrement disparu. D'ailleurs, ses souvenirs étaient trop précis et se liaient avec trop de rigueur pour laisser place au moindre doute. Il était quatre heures de l'après-midi. Ayant dormi si longtemps, rien d'étonnant à ce qu'il eût faim. Il avait jeûné trop longtemps pour qu'un seul repas, même plantureux, pût apaiser durablement sa fringale et il comptait bien en faire encore au moins deux avant la fin de la journée. «Allons nous taper la tête», se dit-il joyeusement.

    L'homme sortit du square en chantonnant et s'en alla un peu au hasard. Dans ce quartier cossu, il ne manquait pas de marchands de tableaux. En effet, il n'eut pas longtemps à marcher avant d'en trouver un. Une demi-douzaine de toiles, portraits et paysages, étaient exposées dans une grande vitrine. Il eut un sourire un peu orgueilleux en voyant quelques passants s'y arrêter le temps d'un regard et poursuivre aussitôt leur chemin. Pour lui, il se planta en face d'un paysage signé Bonnard et attendit avec confiance de sentir les effluves nourrissants pénétrer son corps. Comme le résultat escompté ne se produisait pas, il abandonna le paysage en murmurant : «C'est un navet». Mais un portrait de femme ne lui donna pas plus de satisfaction et après avoir essayé sans succès tous les tableaux de la devanture, il commença d'être inquiet. Il se mit en quête d'un autre marchand qu'il trouva sans peine et où il essuya un nouvel échec. Il était troublé. L'idée lui vint tout à coup que le hasard l'avait placé tout à l'heure en face d'une œuvre prodigieuse dont l'auteur était le seul peintre au monde capable d'infuser à sa production des propriétés nutritives. Malheureusement, il n'avait pas pris garde à la signature de l'artiste et ne savait ni le nom du marchand ni le nom de la rue où il tenait boutique. Le quartier lui était mal connu et, dans l'état d'inanition où il se trouvait vers la fin de cette matinée, la topographie des lieux ne l'avait aucunement soucié. Pendant plus d'une heure, il battit les rues environnantes, transi d'anxiété. Rue de La Boétie, il lui sembla retrouver certains aspects déjà vus et, après des alternatives de doute et d'espoir, sur le point de rebrousser chemin, il eut un éblouissement. De l'autre côté de la rue, sur un fond de velours marron, apparaissait la fillette en jaune. Il traversa la chaussée comme un fou, bousculant une femme, rasant un pare-choc, courant en aveugle. Et le prodige se renouvela. Comme la première fois, les effluves merveilleux le pénétraient, l'apaisaient et le vivifiaient. Cependant, il songeait avec appréhension qu'il faisait peut-être là son dernier repas de peinture, car un amateur pouvait emporter la toile d'un moment à l'autre. L'idée lui fut si pénible qu'il prit le parti d'entrer dans le magasin sans savoir au juste ce qu'il y ferait. La galerie Hermèce était une longue pièce meublée d'un bureau, d'un canapé et de quatre fauteuils. Le visiteur fut accueilli à la porte par une employée qui lui demanda poliment ce qu'il désirait.

— Je voudrais voir M. Hermèce.
— De la part de qui, monsieur ?
— Moudru. Étienne Moudru. Mais mon nom ne lui dira pas grand-chose.

L'employée passa dans une petite pièce attenante à la galerie dont une tenture la séparait. Moudru jeta un coup d'œil sur les murs et, avec émotion, y compta six toiles signées Lafleur. Il entendit le murmure indistinct de l'employée parlant à M. Hermèce.

— C'est un M. Étienne Moudru qui veut vous voir. Il est assez mal habillé. Avant d'entrer, il est resté longtemps sur le trottoir à regarder la toile de Lafleur qui est en vitrine.

Hermèce écarta un peu la tenture et, sans se faire voir, jeta un coup d'œil au visiteur.

— Je le reconnais, dit-il. Ce matin déjà il est resté plus d'une demi-heure en arrêt devant la vitrine. Voyons ce qu'il a dans le ventre.

Lorsque Hermèce vint à lui, Moudru était en train de se gaver d'une nature morte. Au regard qui pesait sur lui, il se souvint de l'état de ses vêtements et sa présence dans un magasin aussi cossu lui parut d'autant plus difficile à justifier.

— J'ai beaucoup admiré un tableau signé Lafleur qui se trouve dans la vitrine, dit-il en rougissant. Je suis entré pour vous demander le prix.

— Cinquante mille francs, répondit Hermèce.

— C'est malheureusement trop cher pour moi. Je m'en doutais un peu, mais j'ai autre chose à vous demander. Comme j'admire beaucoup ce M. Lafleur et que je suis trop pauvre pour acheter sa peinture, je voudrais le voir lui-même, ne serait-ce qu'une minute ou deux. Vous comprenez, ce serait pour moi une satisfaction. Si vous vouliez me donner son adresse...

— Impossible, monsieur. L'adresse des artistes ne doit être communiquée à personne. C'est une règle de notre profession. Mais si vous voulez lui écrire, confiez-moi la lettre, je vous promets de la faire parvenir à M. Lafleur.

Moudru balbutia une réponse embarrassée et, à contrecœur, se dirigea vers la sortie. Mécontent de lui-même, il craignait d'avoir manqué la chance de sa vie et cherchait vainement un biais pour la ressaisir. Il ne trouvait même pas l'alibi qui lui eût permis de s'incruster dans la boutique. En arrivant à la porte, cédant à un sentiment de détresse panique, il fit volte-face et revint à Hermèce avec un étrange regard.

— Est-ce que vous connaissez bien la peinture de Lafleur? demanda-t-il d'un ton agressif. Je veux dire : est-ce que vous la comprenez bien?

— Je n'ai attendu l'avis de personne pour

l'accueillir chez moi, fit observer Hermèce avec hauteur.

— Bien sûr, vous avez trouvé que c'était joli, bien torché, mais vous n'êtes pas allé plus loin et l'essentiel vous a passé sous le nez. C'est que pour découvrir le secret de cette peinture-là, il ne faut pas être de ceux qui font leurs trois repas par jour et qui ont toujours le ventre plein. Ce qu'il faut, voyez-vous, c'est être affamé comme j'étais ce matin. Oui, monsieur, affamé.

— Que voulez-vous dire ?

— Je veux dire que la peinture de Lafleur, c'est de la nourriture qui nourrit. Comprenez-moi bien. Ce n'est pas une façon de parler. Quand la faim vous tord l'estomac, vous n'avez qu'à regarder un tableau de Lafleur et c'est comme si vous vous mettiez à table. Au bout d'une demi-heure, vous êtes rassasié, vous n'avez plus faim. Ça vous étonne, n'est-ce pas ? Mais moi, j'en ai fait l'expérience.

Hermèce ne douta pas d'avoir affaire à un fou et, un peu effrayé, jugea prudent de ne pas le contrarier.

— En effet, dit-il, je n'avais rien observé de semblable et je vous suis très obligé de me l'avoir signalé. Je vais d'ailleurs m'en rendre compte par moi-même.

— Un conseil, dit Moudru, couchez-vous ce soir sans dîner et ne déjeunez pas demain matin.

— Bonne idée, je ne manquerai pas de suivre votre conseil.

— Vous verrez. C'est formidable. Vous m'en direz des nouvelles. Je passerai vous voir demain.

Moudru sortit sur cette promesse et, avant de quitter les parages, s'accorda encore un supplément de nourriture sur la fillette en jaune. Cependant, Hermèce réfléchissait aux divagations de ce singulier visiteur et s'avisait que depuis la veille il avait perdu tout appétit. Le matin, en s'éveillant, il avait longuement contemplé la fillette en jaune posée sur la cheminée de sa chambre et était descendu à la boutique sans déjeuner. Dans la matinée, le garçon de courses avait apporté les six autres tableaux achetés à Lafleur. Avec l'aide de sa secrétaire, le marchand les avait répartis sur les murs de la galerie. À midi, comme à l'ordinaire, il était monté déjeuner et, à l'étonnement de sa femme, n'avait même pas touché aux hors-d'œuvre. Et ce soir, il n'avait pas faim non plus. Pourtant, il n'éprouvait pas le moindre malaise et se sentait particulièrement dispos, à croire qu'en vérité, il se nourrissait de peinture ou qu'il avait contracté la maladie de Lafleur. D'ailleurs, ces deux explications pouvaient très bien n'en faire qu'une. Hermèce s'amusait de ces coïncidences, mais sans parvenir à écarter un doute absurde. La secrétaire vint lui demander des instructions pour le courrier.

— Vous n'avez pas très bonne mine, lui dit-il. Ça ne va pas ?

— Mais si, très bien, monsieur Hermèce.

— Vous avez bon appétit ?

— Oui. J'ai toujours un appétit d'ogre. Sauf aujourd'hui. À midi, par extraordinaire, je n'ai pas pu avaler une bouchée. Et je crois que, ce soir, je ne mangerai pas non plus. C'est presque inquiétant.

Encore une coïncidence, songea Hermèce qui devenait nerveux. Est-ce que, par hasard, le type de tout à l'heure aurait dit vrai ? Mais non, c'est idiot. Si c'était vrai, on le saurait déjà. Lafleur lui-même s'en serait aperçu et il aurait sûrement un peu plus d'exigences. Au fait, ce serait un événement assez extraordinaire dans le monde de la peinture. Le type qui posséderait une bonne collection de Lafleur ne serait pas à plaindre. Il ferait une fortune formidable. Je ne serais d'ailleurs pas trop mal placé. Si c'était vrai et que Lafleur ne se soit aperçu de rien, il faudrait que je me dépêche de lui acheter toute sa production. Manœuvrer adroitement pour qu'il me la réserve par contrat. Évidemment, ce sera dur. Ah ! ça, mais je deviens fou. Ma parole, je suis en train de couper dans toutes ces âneries.

Tandis qu'il était dans ces réflexions, une voiture s'arrêta devant la porte et Lionel Bourgoin, son beau-frère, entra dans la boutique.

— Ah ! mon vieux, dit-il, quelle journée !

Parti à onze heures, je croyais être ici à une heure et passé Rambouillet, voilà que je tombe en panne. Suis resté plus de trois heures à fourgonner dans le moteur. Et pour comble, je trouve le moyen de crever en sortant de Versailles. J'étais découragé, exténué. Pense que je n'ai rien mangé depuis sept heures du matin. Jamais je n'ai eu aussi faim. Pour un peu, je m'évanouirais.

— Avant de manger, il faut que tu fasses une expérience, déclara Hermèce.

— Ah! non, mon vieux. Laisse-moi d'abord manger.

Lionel Bourgoin eut beau protester, son beau-frère l'entraîna dans la pièce du fond où ils restèrent pendant plus de cinq minutes à s'entretenir à voix basse. Enfin, Hermèce en sortit, précédant Lionel qui haussait les épaules. Tous deux s'arrêtèrent en face d'un Lafleur représentant un groupe de femmes devant une fenêtre. Hermèce surveillait avec une certaine anxiété le visage de l'affamé qui fixait son regard sur le centre de la toile, non sans mauvaise humeur. Dès le premier instant, l'expérience s'avéra troublante.

— Inouï, murmurait Lionel. Incroyable. Renversant.

Hermèce ne le quittait pas des yeux. Au bout d'un quart d'heure, l'essai était parfaitement concluant. Lionel resta encore une dizaine de minutes à se goberger et, tournant le dos à la toile, déclara :

— J'en ai jusque-là.

Hermèce était très ému. Les deux hommes passèrent le reste de la soirée à s'entretenir de cette surprenante découverte et à évaluer les bénéfices qu'ils pourraient en retirer. En quittant la galerie, la secrétaire remarqua la présence du minable visiteur de l'après-midi, en station devant la vitrine où était exposé le Lafleur. Elle faillit rentrer pour en informer le patron et, à la réflexion, s'abstint d'en rien faire, car elle lui en voulait un peu de cette longue conversation pendant laquelle son beau-frère et lui n'avaient cessé de lui jeter des coups d'œil méfiants, comme s'ils l'eussent soupçonnée de tendre l'oreille à leur murmure.

Étienne Moudru était venu prendre un dernier repas avant la fermeture de la galerie. Lorsque le rideau de fer de la devanture lui eut masqué la fillette en jaune, il quitta la place et gagna les boulevards où les passants étaient nombreux. Ce soir, il avait l'impression de faire partie de la foule et s'y trouvait à l'aise. Ses vêtements miteux ne le gênaient même pas. « C'est bien ce que je pensais ce matin avant d'avoir mangé, se dit-il, c'est par le ventre qu'on commence à se sentir avec les autres. » Cette idée d'une communion du ventre lui remit en mémoire son compagnon de misère, dont il partageait la soupente rue Taillandiers, aux environs de la Bastille. Il n'avait guère songé à lui, durant toute cette journée. Et, de son côté, Balavoine n'avait pas dû penser beaucoup à son camarade. Le matin, chacun partait de son côté brouter une herbe rare et avait assez à faire de penser à son ventre sans se préoccuper des chances de l'autre. Outre le souci de se nourrir, Balavoine avait celui d'échapper aux recherches de la police. Pendant l'occupation, alors qu'il était sans situation, un ami l'avait casé comme garde du corps auprès d'un personnage politique très compromis et il se trouvait lui-même sous le coup d'un mandat d'arrêt. Porté à s'exagérer l'importance du rôle qu'il avait joué, il croyait, à tort ou à raison, qu'il y allait de sa tête.

En entrant dans la mansarde, vers neuf heures du soir, Moudru trouva son compagnon allongé sur le lit de fer qui constituait, avec la carcasse d'un fauteuil Louis XVI vidé de son rembourrage, tout l'ameublement. La figure cireuse et crispée, Balavoine avait les yeux au plafond et lorsque la porte s'ouvrit, son regard demeura immobile.

— Il y a longtemps que tu es rentré ? demanda Moudru.

Dans le son de sa voix essoufflée, il y avait une plénitude insolite qui surprit Balavoine. Il tourna la tête et considéra son compagnon.

— Tu as mangé, dit-il aigrement. Tu as la gueule d'un homme qui a mangé.

— Ah! oui et d'une drôle de façon. Figure-toi que j'ai mangé sans manger.

— Tu t'es tapé la tête, quoi. Et tu ne m'as pas seulement rapporté un croûton de pain. Tu t'en fous que je crève de faim, moi.

— Je vais t'expliquer. Ce matin...

— Ta gueule! coupa Balavoine en se dressant sur un coude. Ordure, dégueulasse, t'as mangé à te faire éclater, ça se voit sur ta face de faux jeton. Fumier, tu trouves tout naturel que je te fasse une place chez moi, dans ma chambre, mais tu ne bougerais pas le petit doigt pour me sauver la vie. Tu m'aiderais plutôt à crever pour avoir ma chambre. Tu me vendrais à la Résistance. Si ça se trouve, t'es déjà en cheville avec les journalistes et les poulets.

Moudru essayait en vain de l'apaiser. Balavoine s'était assis sur son grabat et, tremblant de rage et de fatigue, les yeux injectés de sang, invectivait d'une voix éraillée.

— Putain, tu profites que je me suis mouillé pour l'Europe. Je sais la pourriture que tu es. L'autre jour, quand tu disais que tes derniers sous, tu venais de les dépenser, c'était pas vrai! Tu planquais un billet de vingt francs dans ta doublure. Je l'ai vu.

— Parfaitement. Mais toi aussi, tu me disais que tu étais sans un. Et toi aussi, tu cachais un billet. Peut-être même qu'il t'en reste encore un de planqué par là.

Avec un accent de sincérité et de désespoir qui ne pouvait tromper, Balavoine protesta qu'il ne lui restait rien depuis deux jours. Il se plaignit encore de la mauvaise chance, de l'ingratitude des Français, maudit les faux amis, les indicateurs, le gouvernement et, après avoir invoqué la mort et le jugement de l'avenir, finit par se taire, épuisé. Moudru en profita pour placer le récit de son aventure. La gare Saint-Lazare. Les carrefours. Le marchand de tableaux. La fillette en jaune. La révélation.

— Tu te fous de moi, dit Balavoine d'une voix morne.

Il mit plus d'une heure à se laisser convaincre. Alors son scepticisme fit place à une espérance frénétique et un enthousiasme fiévreux. Il arpentait la mansarde en gesticulant, proférait des paroles sans suite, pleurait de joie et d'impatience. Il aurait voulu franchir la nuit comme un simple fossé et hâter la marche du temps. Pour mettre un terme à cette agitation qui lui semblait confiner au délire, Moudru l'obligea à se coucher et éteignit la lumière. Balavoine s'endormit très tard et eut un sommeil tourmenté. Toute la nuit, il rêva de la fillette en jaune, laquelle était toujours le départ ou le point d'arrivée d'un cauchemar épuisant. Elle était enfermée dans une chambre à un huitième étage dont l'escalier s'était effondré et toutes les échelles qu'il dressait contre la façade se trouvaient trop courtes de deux ou trois mètres. Ou bien il s'évadait d'une prison, fuyait dans un dédale de rues où il cherchait attentivement il ne savait quoi d'impossible à imaginer et, débouchant dans un grand restaurant souterrain aménagé en musée, comme il y découvrait l'objet de ses recherches sous les traits de la fillette en jaune, trois chefs de la Résistance sortaient d'un placard et la dévoraient sous ses yeux. Il rêva aussi qu'en arrivant devant la boutique du marchand de tableaux, il s'éveillait brusquement et s'apercevait qu'il avait rêvé. Mais le matin, lorsqu'il s'éveilla réellement de son mauvais sommeil, sa foi dans la peinture de Lafleur était restée intacte. Il était dans un état de faiblesse tel que Moudru se demandait s'il aurait la force de marcher jusqu'à la rue de La Boétie. La chance les favorisa. En descendant l'escalier, ils virent une baguette de pain et un bidon de lait déposés sur un paillasson du quatrième. Balavoine but le contenu du bidon et ils mangèrent la baguette dans la rue, Moudru abandonnant la plus grosse part à son compagnon.

Lorsqu'ils arrivèrent à la galerie Hermèce, le Lafleur n'était plus dans la vitrine. Un paysage le remplaçait, portant une autre signature sans intérêt pour les deux amis. À tout hasard, ils essayèrent de se sustenter, mais il n'y avait rien de comestible dans ces champs couverts de neige où quelques pommiers tordaient leurs branches noires sous un ciel brumeux. Balavoine était trop découragé pour récriminer. Il voyait dans sa déception la suite des cauchemars de la nuit et, se tenant pour averti, désespérait de joindre jamais la fillette en jaune.

— C'est bien fait quand même, soupira-t-il devant le tableau. Ça montre bien ce que ça veut montrer.

— C'est zéro, ragea Moudru. Je n'appelle pas ça de la peinture. Viens avec moi.

Il avait le sentiment qu'Hermèce, en retirant la fillette en jaune de la vitrine, avait voulu l'atteindre personnellement. Furieux, il pénétra dans la boutique avec Balavoine sur ses talons. La secrétaire était seule. En voyant entrer le visiteur de la veille, accompagné d'un homme de mauvaise mine, elle fut saisie de frayeur et se promit bien de ne pas exposer sa vie pour les intérêts du patron.

— Où est le tableau de Lafleur qui se trouvait hier en vitrine ? demanda brutalement Moudru.

— M. Hermèce l'a vendu, répondit la secrétaire sans assurance.

Moudru, jetant un coup d'œil sur les murs, constata que les autres Lafleur avaient également disparu.

— Vendus aussi ? tous les six ?

La secrétaire affirma d'un signe de tête, trop

effrayée pour entreprendre des explications qui eussent donné plus d'autorité au mensonge, et décidée à sortir les toiles de leur cachette au cas où le visiteur semblerait douter de sa parole. Il ne douta pas, mais se rendit compte de l'effroi qu'il inspirait à la jeune femme et dit en portant la main à la poche de son veston :

— Donnez-moi l'adresse de Lafleur.

Jugeant qu'elle s'en tirait à bon compte, la secrétaire ne se fit aucun scrupule de lui donner l'adresse du peintre et poussa la complaisance jusqu'à la lui inscrire sur une feuille de papier.

— On va pouvoir se régaler à la source, dit Moudru en sortant de la boutique. Est-ce que tu te sens assez fort pour monter à Montmartre ?

— À quoi bon ? objecta Balavoine. La fillette en jaune, c'est fini. On ne la retrouvera pas.

— Et après ? L'important, c'est d'être dans la peinture de Lafleur. Que ce soit une fillette ou un chandelier, pour nous, c'est pareil.

Mais Balavoine était au plus bas et sombrait dans un découragement total. Il en venait à se complaire dans le sentiment de son malheur.

— Laisse-moi tomber, disait-il, je suis un homme fini. Je porte la déveine à ceux qui m'approchent. Je suis la déveine en personne. Quand je me suis donné à l'Europe, j'avais pas encore d'idée politique. On m'offrait deux places : ou garde du corps ou livreur de produits de beauté. Mon cousin Ernest, il était magasinier chez Fantin, il pouvait m'avoir la place de livreur. Dans le personnel de chez Fantin, on était à la Résistance. Ernest s'est trouvé dans le courant, comme moi j'aurais pu m'y trouver, si j'avais pas fait l'imbécile. Mais j'ai choisi garde du corps, parce que je trouvais que ça sonnait mieux et comme travail, pas fatigant. Aujourd'hui, Ernest, il est sous-préfet en Bretagne et moi dans la panade en plein, pas un rond, rien au ventre, sans carte d'alimentation ni carte de tabac, et les poulets sur les talons. Si j'avais choisi livreur chez Fantin, je ne dis pas que je serais sous-préfet aujourd'hui. Ernest, il avait l'instruction. En tout cas, je serais dans le tricolore avec un condé officiel, bien payé, bien bouffer, les dactylos de la République et fumer des américaines. Mais j'étais né pour le malheur. Et mon cousin il le sait bien. Dans les mois d'après la Libération, il m'a fait dire que si jamais il me rencontrait sur son chemin, il me livrerait lui-même à la Résistance. Remarque, dans sa position, c'est compréhensible. Pourtant, à sa place, il me semble, je n'aurais pas été si dur. Mais si on était sous-préfet, on ne sait pas non plus tout ce qui nous passerait par la tête. Un individu comme moi, un pané, autant dire une cloche, pas sortable, habillé aux puces, qu'est-ce que c'est pour un sous-préfet ? Avec un passé politique comme le mien, on est cuit. Rends-toi compte un peu.

Quand j'étais de garde chez le patron, je voyais passer devant moi jusqu'à des ministres.

Intarissable, il considérait avec une sombre jouissance tous les aspects de son abaissement et Moudru, qui avait les oreilles rebattues de ses sempiternelles lamentations, se gardait bien de l'interrompre, car ils cheminaient cependant. Balavoine, tout à son sujet, oubliait en peinant dans la montée de Montmartre sa décision d'abandonner la partie. Et peut-être avait-il conscience de se tendre un piège.

— Laisse-moi tomber. Un porte-malheur, un débris, une balayure, voilà ce que je suis, Étienne. Mon passé me rejette à l'abîme. Laisse-moi tomber.

— Ça va. On est arrivé. Dans cinq minutes tu te mets à table.

— Tu verras qu'il ne sera pas là. Et s'il est chez lui, il nous flanque sûrement à la porte.

Lafleur était là, car ils entendirent un bruit de voix derrière la porte de son atelier. Il vint ouvrir lui-même et les accueillit d'un air réservé.

— J'ai quelque chose à vous dire de très important pour vous, déclara Moudru en se poussant dans l'entrebâillement.

Jetant un coup d'œil dans l'atelier, il eut la surprise d'y voir Hermèce, lequel, l'ayant également reconnu, s'empourpra et l'apostropha rageusement.

— Qu'est-ce que vous venez faire ici, vous?

Fichez-moi le camp tout de suite et qu'on ne vous revoie pas. C'est compris ?

Lafleur, trouvant mauvais que le marchand prît telle liberté, eut un haut-le-corps et dit aux visiteurs :

— Messieurs, entrez, je vous prie.

Hermèce en était congestionné. En entrant dans l'atelier, Moudru le toisa sévèrement et, prenant Balavoine par le bras, le plaça en face d'un chevalet sur lequel séchait une toile encore fraîche : « Tiens, dit-il, apprends à reconnaître la bonne peinture. »

— Monsieur, demanda simplement Lafleur, vous voulez peut-être me parler en particulier ?

— Oh ! non, ce n'est pas la peine. Voilà pourquoi je suis venu vous voir : j'ai pensé que vous n'étiez peut-être pas au courant de certaines choses qui concernent votre peinture. Savez-vous, monsieur Lafleur, que vos tableaux sont extrêmement nourrissants ?

— Nourrissants ? Que voulez-vous dire ?

— Mon cher ami, intervint Hermèce, n'écoutez pas les divagations de cet homme.

— Voyons, Hermèce, je vous en prie, dit Lafleur d'un ton sec.

— Je vois que vous n'êtes pas au courant, poursuivit Moudru. M. Hermèce s'est bien gardé de vous avertir. Monsieur Lafleur, avez-vous bon appétit ?

— Ma foi non. Depuis quelques mois, je ne

mange pour ainsi dire plus. Et encore, je me force pour avaler le peu que je prends.

— Le contraire m'aurait surpris. Monsieur Lafleur, vous ne vous êtes aperçu de rien parce que vous vivez dans votre atelier et je suis fier de vous l'apprendre : si vous n'avez plus d'appétit, c'est que votre peinture est nourrissante. Regarder un de vos tableaux pendant vingt minutes, c'est comme de faire un bon repas.

Malgré les interruptions et les ricanements d'Hermèce, Moudru raconta ce qui lui était arrivé la veille, rue de La Boétie, et comment il avait été amené à confier sa découverte au marchand de tableaux.

— Vous pouvez compter qu'il a su en profiter. Tout à l'heure, quand je suis venu avec mon camarade prendre un repas de peinture devant sa vitrine, la fillette en jaune avait disparu. Elle était vendue. Et vendus aussi les autres Lafleur. Sachant ce qu'ils représentaient, il a dû les vendre un bon prix. Je suis sûr qu'il venait ce matin vous en acheter d'autres ?

Éberlué et incrédule, Lafleur songeait à l'étrange conduite d'Hermèce qui offrait de lui prendre toute sa production à des conditions singulièrement avantageuses et insistait pour que le contrat fût signé sur-le-champ. Une telle démarche, il s'en avisait maintenant, était aussi anormale qu'inattendue et ne pouvait tenir qu'à des raisons secrètes.

— C'est absurde, protesta le marchand. Je n'ai vendu aucune de vos toiles. Je les ai mises en réserve parce que je ne voudrais pas être obligé de m'en séparer maintenant. C'est tout simplement la preuve que j'ai confiance en votre talent et en votre étoile, comme je vous le disais du reste tout à l'heure. Croyez-moi, mon cher, signons notre contrat et ne nous attardons pas à des contes de bonne femme. Nous avons autre chose à faire.

Il essaya d'entraîner Lafleur vers la table où était posé le contrat. Quittant le chevalet, Balavoine vint au peintre, le visage mouillé par des larmes de gratitude et, prenant sa main dans les siennes, balbutia des paroles de remerciement coupées de sanglots.

— Vous êtes le plus grand peintre du monde, disait-il. J'allais mourir de faim. Votre peinture m'a sauvé. Je reprends goût à la vie. Je mange.

Lafleur était ému et souhaitait déjà que le bonheur de Balavoine ne fût pas seulement l'effet d'une illusion.

— Je suis content pour vous, lui dit-il. Ne vous gênez pas. Mangez à votre faim.

Cependant, Hermèce dévissait le capuchon de son stylo et s'efforçait de lui mettre la plume en main. Le peintre se déroba fermement.

— N'insistez pas. Je veux prendre le temps de réfléchir à votre projet de contrat. Dans deux ou trois jours, nous verrons.

— Vous ne trouverez pas un marchand de tableaux qui vous fasse de meilleures conditions que les miennes.

— Ne vous laissez pas faire, s'écria Moudru. Des tableaux comme les vôtres, il sait qu'il ne les paiera jamais assez cher. Et il le sait, parce qu'il s'en est déjà nourri. Demandez-lui donc ce qu'il a mangé hier. Regardez-le dans les yeux. Vous verrez ce qu'il vous répondra.

— Alors ? demanda Lafleur en se tournant vers Hermèce avec un regard insistant.

Le marchand songea qu'il était en train de faire fausse route. Puisque le peintre remettait à plus tard de signer le contrat, c'est qu'il voulait prendre le temps de vérifier par lui-même les dires de Moudru. Son opinion faite, il ne pardonnerait pas à Hermèce d'avoir voulu mettre à profit son ignorance. Mieux valait, pendant qu'il en était peut-être temps, essayer de ressaisir l'avantage en partant sur de nouvelles données.

— La chose me paraît tellement absurde que je me défends de toutes mes forces contre l'évidence et c'est d'ailleurs pourquoi je ne vous en ai rien dit. Mais, enfin, le fait est là. On ne gagne rien à vouloir ménager les susceptibilités de la raison et après bien des débats de conscience, j'en arrive à conclure que notre premier devoir est de nous rendre à la vérité. Indéniablement, votre peinture possède ce miraculeux pouvoir de nourrir le corps humain. J'en ai fait moi-même l'expérience. Ma femme et mon beau-frère Lionel l'ont faite chacun de son côté et leurs conclusions rejoignent exactement les miennes. Par sa vigueur, son intensité, sa qualité de pâte, sa puissance de synthèse, votre peinture est devenue un condensé des mystères essentiels de la création. Votre génie est parvenu à faire d'elle le véritable trait d'union entre la matière inerte et la vie. Elle est beauté. Elle est force. Elle est nourriture.

Lafleur ne pouvait plus douter. Ébloui, bouleversé, il se débattait dans le chaos de ses impressions. La présence d'Hermèce, son sourire affable et trop empressé lui rendirent sa lucidité et ce fut l'aspect médiocre, mais actuel, de cette poignante révélation qui émergea d'abord du tumulte de ses pensées.

— Comment! s'écria-t-il, vous saviez et vous avez eu l'audace et l'hypocrisie de venir me proposer un contrat comme celui-là en ayant l'air, encore, de me faire une faveur. Et moi, imbécile, qui marchais, trop content de signer. J'abandonnais toute ma production pour cinq ans. Faux jeton!

— Voyons, Lafleur, soyez juste. Je vous prenais vos toiles à vingt mille. C'est joli. Réfléchissez-y, l'amateur qui achète de la peinture n'est guidé dans son choix que par des considérations artistiques. Pour lui, la nourriture ne sera jamais qu'un supplément.

— Ah! décidément, vous êtes un maître hypocrite et une rude fripouille, mais vos boniments, vous pouvez les rengainer.

— Écoutez-moi, Lafleur, je veux être chic et faire pour vous le maximum. Traitons à trente mille.

— Rien du tout! Vous n'êtes qu'un salaud et d'abord, foutez-moi le camp. Je ne veux plus vous voir dans mon atelier.

— Cent mille!

— Dehors!

Lafleur, trépidant de colère, montrait du doigt la porte au marchand. Moudru, qui était allé se restaurer auprès de Balavoine, s'approcha en faisant le geste de retrousser ses manches et proposa avec bonne humeur :

— Si vous avez besoin d'un coup de main, monsieur Lafleur, ce sera avec plaisir.

— Deux cent mille! jeta Hermèce en se dirigeant vers la porte.

— Ni pour deux cent mille ni pour cent millions. Allez-vous-en.

Dépité, Hermèce dut repasser le seuil de l'atelier en songeant qu'il venait de manquer la plus belle affaire de sa vie. Lafleur lui claqua la porte dans le dos et dit à Moudru en lui montrant le chevalet devant lequel Balavoine restait en extase :

— Je ne veux surtout pas interrompre votre

repas. Et j'ai moi-même tant de plaisir à vous voir manger.

— Monsieur Lafleur, c'est gentil à vous de nous avoir reçus, malgré le M. Hermèce qui voulait nous flanquer dehors.

— Votre visite m'a tiré d'un très mauvais pas et vous êtes tombés au bon moment. Si vous étiez arrivés seulement cinq minutes plus tard, je signais le contrat d'Hermèce et je me trouvais ligoté pour cinq ans. Grâce à vous, j'ai pu éviter de commettre une sottise de première grandeur et de tomber dans le piège que m'avait tendu cette canaille. Je vous en serai toujours reconnaissant.

— Vous plaisantez, monsieur Lafleur, protesta Moudru avec un accent de tendresse où perçait un soupçon d'hypocrisie. Balavoine et moi, on est trop content d'avoir pu vous rendre un service. Hier, en fin d'après-midi, quand je suis entré chez Hermèce pour lui parler de la chose et que j'ai vu qu'il n'était pas averti, j'ai tout de suite pensé à vous. Je me suis dit, certainement que M. Lafleur ne sait rien non plus, et tout de suite j'ai demandé votre adresse au marchand. Mais lui, pas si bête, il s'est gardé de me la donner. Je n'ai pas insisté, mais ce matin, j'ai choisi le moment où il n'était pas là pour entrer dans la boutique et j'ai obligé la secrétaire à me donner l'adresse. Aussitôt que j'ai eu le renseignement, j'ai dit à mon camarade : «Filons vite chez M. Lafleur. Il n'y a pas une minute à perdre. Je sens qu'il y a du danger pour lui». Vous comprenez, j'avais deviné qu'Hermèce était monté chez vous pour essayer de vous arranger. Aussi, vous parlez si on se dépêchait. On avait beau avoir le ventre vide, on marchait comme des dératés. C'est qu'il fallait à tout prix arriver à temps pour vous éviter des ennuis.

Le peintre n'était pas dupe de ses bavardages captieux, mais les lui pardonnait volontiers. D'ailleurs, Balavoine, encore transi de gratitude, tint honnêtement à rétablir la vérité des intentions.

— Ne raconte donc pas des balivernes à M. Lafleur. Quand on s'est décidé à monter chez vous, il n'était pas question de vous tirer une épine du pied. On avait faim, on avait le moral à zéro, on se disait que chez vous, on trouverait peut-être le moyen de se débrouiller. Voilà toute l'affaire.

Cet excès de franchise fut du meilleur effet. Toutefois, le discours de Moudru n'avait pas été inutile non plus. Il mettait en circulation des sentiments altruistes, fraternels, généreux. Lafleur alla prendre dans un coin de l'atelier une toile sur laquelle il avait peint récemment un effet de soleil sur la rue des Saules et la remit à Balavoine. Un tel cadeau comblait les vœux des deux compagnons et passait même toutes leurs espérances.

— C'est vous qui avez découvert le pouvoir de ma peinture. Il est bien juste que vous possédiez un témoignage de votre clairvoyance.

Moudru, qui se considérait comme le porte-parole de l'association, remercia en termes choisis et eut le bon goût de passer sous silence l'intérêt alimentaire qui s'attachait pour eux à ce paysage montmartrois. Il ne parla que de la joie et de l'émotion que leur réservait la contemplation d'une œuvre si belle. Balavoine, lui, se laissa aller à des effusions plus pesantes, mais ne fut qu'un cri de sincérité.

— Quand je pense qu'on a à manger pour toujours, je ne sais positivement plus où j'en suis. Grâce à vous, monsieur Lafleur, la vie me sourit à nouveau. Vous m'avez tiré du gouffre béant de la misère. Je n'ai même plus besoin d'une carte d'alimentation. Tenez, monsieur Lafleur, je m'en voudrais de rien vous cacher. Tel que vous me voyez, je suis un homme traqué, j'ai tout un passé politique derrière moi. Figurez-vous qu'en 43...

L'élan de la gratitude et l'euphorie de l'après-dînée concouraient à le rendre loquace. Il entreprit le récit de ses tribulations.

— Ne casse pas les pieds à M. Lafleur, coupa Moudru. Il a autre chose à faire qu'à t'écouter.

En vérité, Lafleur ne fut pas fâché de les voir partir. Il avait besoin de solitude. Lorsque les deux compagnons eurent quitté l'atelier, il prit une toile entre ses mains et l'examina longtemps et minutieusement, cherchant à déceler les voies du prodige. Assis au pied d'un tas d'oranges, un homme vêtu d'un pantalon de velours noir et d'une chemise verte jouait de l'harmonica. Le peintre retrouvait le cheminement de son effort, les raisons qui l'avaient guidé et les mouvements mêmes de son intuition. Il ressaisissait toutes ses démarches, ses hésitations, ses remords, s'expliquait les rapports de tons, les dissonances volontaires, le choix d'un équilibre, analysant, dissociant et recomposant. Mais, semblable à la vie elle-même, qui ne se laisse connaître que par des manifestations et des aspects, la toile au joueur d'harmonica échappait, pour l'essentiel, à toutes ses investigations. Un instant, il considéra sa main droite qui, elle, connaissait ce secret de vie, une main longue, musclée et, à l'intérieur, aux reliefs fortement accusés. Tout était passé par elle. Les intentions du peintre comme aussi ses hésitations et ses retours, elle les avait guidés, rassemblés et transformés pour aboutir à l'insaisissable et miraculeuse synthèse. Mais sa main n'était pas seule à disposer ainsi d'un mystère ignoré de lui-même. Avec elle, toute une partie de son être devait travailler à son insu, enchevêtrant ses intentions dans les siennes et brodant sur la trame de son œuvre de peintre. À moins qu'il n'y eût rien d'autre, dans ce travail secret, qu'une façon de parler ou de penser. À force d'y réfléchir, Lafleur fut saisi d'angoisse. De toutes façons, le mystère de cette création résidait en lui et il se demandait quel homme il était devenu. Il se regarda plusieurs fois dans la glace. Mais pas plus que l'homme à l'harmonica, pas plus que la main droite et plutôt moins, ce visage lourd, aux yeux clairs, ne livrait rien d'essentiel. « Ne nous cassons pas la tête, finit par conclure Lafleur. Occupons-nous de ce qui reste à notre portée et récapitulons : ma peinture est une nourriture. À cet égard, quels que soient ses autres mérites, elle est remarquable. Un jour viendra où, en effet, elle sera remarquée et où elle fera du bruit non pas seulement à Paris et en France, mais à l'étranger. Faut-il souhaiter que ce jour vienne bientôt ? »

Depuis qu'il s'était voué à la peinture, Lafleur aspirait à la renommée, mais modérément, et la désirait moins comme une satisfaction d'orgueil que comme un témoignage de sa valeur et une assurance contre le doute. Il eût répugné à voir graviter autour de lui une cour d'admirateurs et à devenir pour les journaux un sujet de reportages périodiques. Et quant à l'argent, il n'avait jamais eu que des ambitions modestes. À coup sûr, la révélation publique d'un génie aussi singulier lui vaudrait une gloire tapageuse et ferait monter en flèche les prix de sa peinture. Il se voyait déjà traqué par les journalistes, les organisateurs de banquets, les femmes fatales et les chasseurs d'autographes, tandis que son compte en banque enflait monstrueusement et que deux ou trois secrétaires travaillaient à dépouiller le courrier qui lui parvenait des cinq continents. Aussi n'avait-il aucune envie de hâter la venue de ce jour grandiose, inclinant au contraire à en éloigner l'échéance autant qu'il était possible. Soudain, il pensa à Poirier, son rival de toujours, et le tumulte de la gloire et de la fortune lui apparut du même coup dans une tout autre perspective. Avec un plaisir aigu, il imagina la fureur de Poirier, sa suffocation, sa jaunisse, son visage ravagé par la haine et par l'envie. Poirier en tomberait malade. Poirier dépérirait d'amertume. Son propre venin l'étoufferait. Lafleur était si impatient d'assister à l'écrasement de Poirier qu'il prit la décision de tout mettre en œuvre et sur-le-champ pour se mettre en vedette. Presque aussitôt, il eut honte de céder à un sentiment aussi médiocre, indigne de son destin et de sa peinture. Renonçant à humilier Poirier, il s'en tint à sa première résolution.

Il examina ensuite le problème de la nourriture. À travailler du matin au soir les yeux sur sa propre peinture, il risquait d'engraisser exagérément jusqu'à crever d'embonpoint et d'apoplexie. Peut-être l'organisme n'absorbait-il pas plus de peinture qu'il ne lui en fallait, mais rien n'était moins sûr. Il jugea prudent de jeûner au moins deux jours par semaine. Ces jours-là, au lieu de peindre à l'huile, il dessinerait, graverait, ferait des gouaches ou des aquarelles et, dans son atelier, toutes ses toiles seraient tournées face au mur. Mais, avant de se mettre au régime, il voulait d'abord expérimenter par lui-même les propriétés de sa peinture. Première expérience, il passerait toute cette journée sans regarder aucune de ses toiles et irait dîner le soir au restaurant. Seconde expérience, il passerait la journée du lendemain au grand air sans prendre le moindre repas et rentrerait affamé pour dîner de peinture.

Il exécuta point par point la première partie de son programme. Ayant retourné ses tableaux, il s'occupa jusqu'au soir à lire et à dessiner. Vers huit heures, lorsqu'il se mit à table dans un restaurant du quartier, il constata qu'il avait retrouvé l'appétit perdu depuis plusieurs mois. Des amis vinrent s'asseoir auprès de lui, le peintre Salouin et Pelu, un bougnat des environs. Ils burent ensemble de plusieurs vins et devinrent très gais. À onze heures du soir, se joignit à eux la Girafe, une grande fille assez jolie, un peu maigre, qui était à la recherche de son grand-père. Déjà ivre, elle dégrafa son corsage et montra sa poitrine qui n'avait pas plus de relief que celle d'un garçon. Elle demanda à Salouin ce qu'il en pensait, oubliant que l'année précédente elle avait vécu un mois chez lui. Pelu voulait montrer son sexe, mais le patron du restaurant insista pour qu'il n'en fît rien et il se soumit à regret. « On a perdu le goût de s'amuser, soupira-t-il. C'est la faute à leur sacrée guerre. Je voudrais sortir une mitraillette que tout le monde trouverait ça très bien. Comprenez si vous pouvez. » Il était d'avis de quitter le restaurant et d'aller ailleurs. Les autres l'approuvèrent, mais on prit encore le temps de vider trois bouteilles avant de régler la dépense.

Bien qu'il eût un peu moins bu que ses compagnons, Lafleur était singulièrement loquace. Dans les rues de la Butte où les quatre amis déambulaient bras dessus bras dessous, il parlait peinture avec Salouin et l'étonnait par l'étrangeté de ses conceptions : « Pour faire un beau portrait de femme, tu prends une tranche de jambon, du gruyère râpé et une demi-douzaine d'œufs en prenant bien soin de battre les blancs à part. Tu ajoutes un bon morceau de beurre dans la casserole, tu fais cuire à feu doux et quand ta pâte est bien étalée, tu assaisonnes le regard d'une pointe d'ail. » Il restait d'ailleurs lucide, l'ivresse lui servant de prétexte à des divagations qu'il s'amusait d'être seul à pouvoir comprendre.

— Il faudra pourtant que je vous montre ça, répétait Pelu d'une voix pâteuse.

Les yeux en pleurs, la Girafe appelait son

grand-père qu'elle se désespérait de ne pas trouver.

— Grand-père! c'est ta petite-fille Sylvie qui te cherche. Montre-toi, vieux fourneau. Tu vas encore rentrer rond comme une soucoupe. Tu vas dégueuler dans l'escalier comme avant-hier. Les voisins diront encore que je te donne le mauvais exemple.

Ils entrèrent dans une boîte de nuit de la rue Norvins en même temps qu'une autre bande dans laquelle se trouvaient Poirier et son amie Loulette. L'établissement était presque plein et comme les gens des deux groupes se tutoyaient tous, on les installa à une même table. Le hasard plaça Lafleur sur la banquette entre la Girafe et Loulette. Assis presque en face de lui, Poirier, irrité de n'avoir qu'une chaise en face de son rival, jugeait être dans une situation humiliée. D'abord il ne laissa rien voir de sa mauvaise humeur, affectant au contraire une gaieté ouverte. Il avait d'ailleurs passablement bu et se sentait bavard. On but encore beaucoup, on dansa. La tablée était bruyante, animée. Pelu, très ivre, articulait avec peine. Il avait toujours quelque chose à montrer et, ne se rappelant plus ce dont il s'agissait, sortait à chaque instant sa montre de son gousset pour la mettre sous le nez des voisins. À un jeune garçon qui lui faisait face, la Girafe s'adressait comme s'il eût été son grand-père et lui disait des choses délicates, empreintes de douceur, de tendresse et de respect. Intimidé, craignant d'être ridicule, le jeune homme répondait par de lourdes galanteries qu'elle préférait ne pas entendre. Dans le brouhaha des conversations, Poirier commençait à lancer des pointes venimeuses à l'adresse de son rival. Lafleur le regardait avec un calme sourire, conscient de son écrasante supériorité. Exaspéré, Poirier se laissa aller à l'inspiration du vin et, se levant à demi, appuyé de ses deux mains sur la table et les yeux dans les yeux de Lafleur, se mit à clamer :

— J'ai passé ma vie à plaindre les abrutis qui font de la peinture comme on fait des haltères, mais c'est bien fini. Les grosses natures, maintenant, je les méprise, je leur crache à la gueule. Que les faiseurs de calendriers se vautrent dans l'émotion et dans la peinture à bras. Moi, je travaille dans l'esprit, dans l'essence et dans la quintessence de l'émanation. Je suis visité, moi. Ce matin, dans mon atelier, j'étais sur une toile et j'entends tout à coup un bruit d'ailes. Je lève la tête et, écoutez bien : il y avait des anges qui volaient en rond au-dessus de mon chevalet.

Lafleur éclata d'un rire si sonore qu'il éteignit d'un coup toutes les voix de l'établissement et la musique de l'orchestre. Les danseurs de swing s'arrêtèrent et, se tournant à lui, devinrent attentifs. Il vida son verre, se leva et, parlant d'une voix de tonnerre (qui secoua tous les assistants, franchit les murs, franchit les portes, rebondit à la fois dans la rue Norvins et dans la rue Saint-Rustique, s'entendit à l'ouest, jusque passé le jeu de boules, et à l'est, portée par le vent, jusqu'aux approches de la Goutte d'Or), parlant donc, il dit :

— Bonne nouvelle. Les anges, porteurs de pilules Pink, chez les coupeurs de poils en quatre, chez les arbres secs, chez les fricasseurs de mille-pattes. Vivent les anges. Moi aussi, je suis visité, mais pas par les anges. Hé ! vous tous, les buveurs de champagne, les buveurs de swing, ouvrez vos oreilles. Plus tard, vous vous rappellerez ce que je vais vous dire. Ce matin, dans mon atelier, deux hommes sont entrés sur leurs pieds, deux tordus, deux paumés, deux clopinards de la mistoufle qui crevaient de faim et des figures de déterrés. En entrant, ils ont dit : j'ai faim. Sans perdre une minute, je les installe en face d'une toile signée Lafleur et presque aussitôt, mes deux cloches se sentent déjà mieux. Au bout de vingt minutes, ils n'avaient plus faim. Ma peinture les avait nourris.

— Ça ne m'épate pas, ricana Poirier. Des clochards, ça se nourrit dans la boîte à ordures.

— À propos, tes anges, c'était pas plutôt des mouches à merde ?

La question égaya les voisins et souleva un gros rire. Livide, Poirier traita son rival de peintre du dimanche.

Sautant sur la table, les rivaux s'empoignèrent et, tandis que l'orchestre jouait un tango velouté, roulèrent l'un sur l'autre au milieu des verres et des bouteilles. Trempés jusqu'aux os par le contenu du seau à champagne qui s'était renversé, les mains et la figure en sang, ils n'en continuaient pas moins à cogner. Dans un esprit de solidarité, la Girafe se jeta sur Loulette Bambin, la gifla, la griffa et lui fendit sa robe de haut en bas. Pelu ne comprenait rien à cette scène de violence et balançait sa montre au bout de sa chaîne avec des clins d'œil égrillards. Un coup de pied la lui ôta des mains et la projeta sur une bouteille où elle se brisa. Avec beaucoup de peine, les amis parvinrent à séparer d'abord les deux femmes, puis les deux hommes. Lafleur gloussa de plaisir en constatant qu'il avait seulement un œil abîmé alors que Poirier les deux yeux, la lèvre fendue et une importante déchirure à l'oreille. Poirier n'était pas mécontent non plus, se flattant que son adversaire se ressentirait longtemps des coups heureux qu'il venait de lui porter à l'estomac. Chacun des deux ennemis célébra sa victoire en commandant une bouteille.

Vers huit heures du matin, Lafleur se réveilla chez la Girafe. Il était couché tout habillé en travers d'un lit de milieu entre Pelu et le grand-père. La Girafe dormait dans une autre pièce. Il rentra chez lui, prit une douche et partit pour la forêt de Meudon où il passa la journée à se promener avec un carnet de croquis. Le soir, il rentra chez lui exténué, mais plein d'appétit, et il se mit au lit après avoir fait un délicieux repas de peinture. Avant de s'endormir, il songea encore à sa nuit passée, se reprochant de n'avoir pas su garder son secret. Heureusement, personne n'avait pris ses paroles au pied de la lettre et les peintres présents ne s'en souviendraient que comme d'une apostrophe imagée.

Lafleur aurait été moins rassuré s'il avait eu connaissance de la ligne de conduite arrêtée par Hermèce quant au secret de sa peinture. Ayant sept Lafleur en sa possession, le marchand était impatient de leur faire un sort. Du moment où leur pouvoir nutritif serait connu du public, les prix ne cesseraient de monter avec une vitesse vertigineuse, chaque jour écoulé représenterait une fortune et le temps serait vraiment de l'argent. Hermèce projeta un grand dîner et lança des invitations pour le premier jour de la semaine suivante. Dans l'intervalle, aidé de son beau-frère Lionel, il rafla chez les concurrents, et même chez des particuliers, tous les Lafleur qu'il put trouver. Il se procura ainsi huit autres toiles de «l'époque nourrissante» et une vingtaine de l'époque antérieure qui, pour n'être pas nourrissantes, n'en auraient pas moins une assez grande valeur.

Le lundi soir, à huit heures et demie, tous les

invités d'Hermèce étaient réunis dans le salon. Il y avait là un peintre illustre, un bâtonnier, deux directeurs de journaux, quatre critiques d'art, le directeur de la Radiodiffusion nationale et, côté femmes, une actrice de cinéma, un assortiment de comtesses dans le train et des épouses diverses. À neuf heures et quart, tout ce monde commençait à avoir faim et à dix heures moins le quart, comme la maîtresse de maison ne semblait pas s'inquiéter du dîner, des murmures discrets s'élevèrent dans les groupes. Hermèce exhorta ses invités à la patience, leur promettant qu'ils allaient faire un dîner comme ils n'en avaient jamais fait. Enfin, à dix heures et quart, on annonça que madame était servie et les portes de la salle à manger s'ouvrirent. Les convives avaient une faim de loup et les figures s'allongèrent lorsqu'ils découvrirent la table préparée à leur intention. Sur la nappe blanche, il n'y avait pas une assiette, pas un verre, ni rien de ce qui est nécessaire pour manger, mais à la place de chaque couvert, une fleur et un carton portant le nom d'un invité. En revanche, une profusion de tableaux, à raison d'un pour deux personnes, étaient dressés sur la table, face aux sièges. Les invités prirent place dans un silence glacial. Seul un familier de la maison, critique d'art au *Porte-Plume*, trouva la force de lancer, d'une voix lamentable :

— Voilà des hors-d'œuvre qui vont encore

nous ouvrir l'appétit. Pourvu que le rôti ne soit pas de Braque.

— Mes chers amis, je vous sens un peu anxieux, mais rassurez-vous, dit Hermèce, et en quelques phrases, il expliqua aux invités pourquoi il les avait réunis autour de cette table chargée de peintures. Loin de les rassurer, ce discours ne fit qu'augmenter leurs appréhensions et leur mauvaise humeur. Les uns croyaient à une farce, les autres à un accès de démence de leurs hôtes. Comme la maîtresse de maison les priait aimablement de commencer le repas, ils se résignèrent à être courtois et chacun fixa son regard sur la toile qu'il avait devant lui. Cinq minutes ne s'étaient pas écoulées qu'un murmure de stupéfaction s'élevait autour de la table et bientôt ce fut un déchaînement d'enthousiasme. Détendu, épanoui, Hermèce triomphait. Lorsqu'ils furent rassasiés, les convives le pressèrent de questions sur Lafleur. Les deux directeurs de journaux, qui prenaient des notes, étaient les plus avides de renseignements. Il répondait sans se faire prier, traçait un portrait de Lafleur, du reste fort embelli, déballait sa vie privée, lui prêtait une théorie de l'art, inventant, brodant et n'oubliant pas non plus de livrer son adresse. Le directeur de *Jour libre* ne tarda pas à s'esquiver et celui du *Petit Français* sortit sur ses talons. Les quatre critiques d'art, qui appartenaient à d'autres journaux, hésitaient à suivre leur exemple.

— À quoi bon, fit observer l'un d'eux. Nos articles seront flanqués au panier et on nous prendra pour des fous.

— Quand même, dit un autre. Je sais bien que mon papier ne passera pas. Mais si je ne le donne pas ce soir, on me reprochera demain de ne l'avoir pas fait.

Finalement, ils se décidèrent à partir et le directeur de la Radio s'en fut préparer une émission pour le lendemain. Les autres convives restèrent très tard à parler de Lafleur et des horizons nouveaux qu'il ouvrait à la peinture. Et les comtesses ne rêvaient plus qu'à l'avoir dans leurs salons.

Le lendemain matin, Lafleur se leva à sept heures et fit sa toilette. Il était à moitié vêtu lorsqu'il entendit frapper à la porte de l'atelier. Le palier était envahi par une vingtaine de journalistes très excités et d'autres arrivaient par l'escalier. Celui qui se trouvait le plus près de la porte ôta son chapeau et demanda aimablement :

— Monsieur Lafleur, sans doute ? Je suis l'envoyé de la *France éternelle*...

— Monsieur n'est pas là, répondit Lafleur. Monsieur est parti en voyage.

Une rumeur de malédiction salua cette réponse décevante. L'envoyé de la *France éternelle* remit son chapeau sur sa tête et s'informa si Lafleur était parti pour longtemps et pour où (— en Amérique pour un mois ou deux), s'il était allé vendre des tableaux (— Monsieur ne m'a pas dit), s'il avait été de la Résistance, s'il était partisan d'une alliance avec le Brésil, s'il fumait du tabac français ou américain, s'il aimait la musique, la danse, le café.

— Vous serez gentil de nous laisser entrer dans l'atelier, moi et mes confrères. Les photographes prendront quelques photos.

— Impossible, monsieur m'a interdit de laisser entrer personne dans son atelier.

La *France éternelle* prit dans son portefeuille un billet de cent francs et le tendit au serviteur fidèle qui le refusa fermement.

— Je ne mange pas de ce pain-là. Monsieur est trop bon pour moi et trop généreux pour que je lui fasse une chose pareille.

— Au moins, montrez-nous une de ses toiles. Votre maître ne vous le reprochera pas, au contraire.

Lafleur n'eut pas la cruauté de refuser cette satisfaction aux journalistes. La plupart d'entre eux, alertés par leurs journaux dès la parution de *Jour libre* et du *Petit Français,* avaient reçu la consigne de ne rien manger avant de voir les fameux tableaux. Lafleur alla chercher son *Homme à l'harmonica* et leur permit de le contempler assez longtemps pour apaiser leur fringale.

Ils étaient fort satisfaits de constater par eux-mêmes un prodige dont la nouvelle les avait laissés à moitié incrédules.

— Est-ce que je peux savoir pourquoi vous veniez voir monsieur ? demanda Lafleur avec innocence. J'espère qu'il n'est rien arrivé de fâcheux pour monsieur ?

— Comment, vous n'êtes pas au courant ? Vous n'avez pas lu le *Jour libre* ni le *Petit Français* ?

Un journaliste lui tendit *Jour libre*, un autre le *Petit Français* et lui dit sur un ton d'aimable reproche :

— Merci pour le tableau, mais vous auriez pu être un peu plus bavard, mon petit vieux.

— Monsieur ne me parle jamais de ce qu'il fait. Si vous voulez en savoir davantage, allez donc voir le peintre Poirier. C'est le meilleur ami de monsieur. Ils se connaissent depuis quinze ans. M. Poirier habite 97, rue Gabrielle. Surtout ne lui dites pas que je vous envoie. Il pourrait m'en vouloir.

Les journalistes s'éclipsèrent en répétant avec ferveur le nom de Poirier. Lafleur, un peu mélancolique, alla s'asseoir dans son atelier et déploya *Jour libre*. En tête de la première page s'étalait un titre en grosses capitales : « Plus fort que la bombe atomique. » Suivait un article sur trois colonnes avec renvoi à la page deux. « Le nom du peintre Lafleur, hier encore ignoré du grand public, sera demain dans toutes les bouches et non seulement chez nous, mais dans le monde entier où il portera témoignage de la grandeur impérissable de notre France éternellement jeune dont l'intelligence, le génie inventif, la vitalité, la force, le sens de l'humain font l'admiration et l'envie des autres peuples... Hier soir, M. Aristide Hermèce, qui a déjà tant fait pour les arts, recevait chez lui des amis au nombre desquels j'avais le privilège de m'inscrire. La charmante Mme Hermèce... Fallait-il croire que nous étions tous le jouet d'une hallucination? Non. L'incroyable, l'invraisemblable, l'impensable, était une réalité sensible... Méditons un instant sur le sens profond et sur la portée de cette réalisation picturale qui vient d'éclater au zénith de la grandeur française... L'œuvre de Lafleur nous l'affirme, l'art n'est plus seulement cette tangence de l'esprit à la matière, cette expression métaphorique de l'exister auxquelles nous avaient habitués des générations d'artistes. Il est désormais une infusion de la pensée dans la chose inerte, un contact en prise directe et qui se résout en une création vivante... L'art ne se contente plus d'exprimer. Il transmue... Car il fait honneur à l'esprit humain et comptera comme un ouvrier magnifique de la grandeur de la France. »

Le *Petit Français* écrivait de son côté : « La revanche de Prométhée. Nous sommes pauvres, nous sommes endettés, notre monnaie est au bord de la faillite. Une partie de notre pays est en ruines. Nos machines sont usées. Nos rivières sont à sec. Notre administration est croulante. Partout s'étalent la gabegie et la corruption. Le ravitaillement est de plus en plus mauvais. Notre jeunesse est découragée. Nos enfants sont rachitiques. Mais nous n'avons jamais été aussi grands. Le monde entier tourne ses regards vers nous avec envie, car dans le domaine de l'esprit... Le désordre et l'impéritie nous vouaient à une faim perpétuelle? sans doute. Mais un noble génie s'est penché ardemment sur les secrets de l'art et de la nature... Lafleur, vous êtes (pardonnez-moi ce calembour ému) la fleur de notre espérance, vous avez fixé sur la toile le signe frémissant d'une grandiose renaissance... Ô joies! Ô gloires! Ô grandeurs jamais abolies d'une France qui regarde déjà vers les demains prestigieux! »

La lecture de ces articles attrista Lafleur. Constatant qu'il y était fort peu question de sa peinture en tant que telle, il en arrivait à regretter, par exemple, les raisons subtiles et alambiquées qu'avait invoquées Canubis (un cousin de Poirier) pour éreinter son exposition de l'année précédente.

Cependant, les journalistes étaient arrivés chez Poirier. Loulette Bambin les introduisit dans l'atelier et les pria d'attendre une minute la venue du maître. Il y avait là un certain nombre de toiles au sujet desquelles ils échangèrent des réflexions qui n'étaient pas toutes favorables. La plupart de ces compositions consistaient en volutes et en arabesques cheminant à travers des taches de couleur, claires, fluides, aux contours moelleux. L'effet était souvent très heureux. Certains journalistes disaient : une gueule formidable, une frénésie terrible, une puissance de choc, des sous-jacences folles. D'autres parlaient de distinction mièvre, de féminité arachnéenne, de préciosité morbide, de canular, de bidon. L'entrée de Poirier provoqua un mouvement de vive curiosité. Souvenirs de la bagarre nocturne, il lui restait des yeux pochés, largement cernés de mauve et de jaune, un pansement près de l'oreille et un autre à la lèvre inférieure, qui le gênait pour parler et rendait son sourire grimaçant.

— Votre visite me surprend très agréablement et je m'excuse de vous avoir fait attendre.

— Nous en avons profité pour admirer vos œuvres, dit la *France éternelle*. Vous avez là des toiles d'une beauté et d'une audace incomparables.

Poirier sourit autant qu'il put et remercia d'une légère inclinaison du buste.

— Vous êtes trop aimable. À vrai dire, ma peinture peut surprendre au premier abord. Il y a dans ma peinture certain parti pris, je dis bien parti pris, assez déroutant. Pourtant ma peinture n'est pas, comme beaucoup le croient, une peinture abstraite. Ma peinture est au contraire ultra-réaliste. Ma peinture ne se contente pas de répudier certaines apparences gratuites pour leur en substituer d'autres non moins gratuites. Ma peinture prétend s'introduire au cœur même de la réalité pour y saisir analytiquement et synthétiquement le mystère intime de la substance et en fixer sur la toile les points d'intersection avec mon moi.

— Très intéressant. Très nouveau. Tout à fait original. L'idée est passionnante.

— Quelle époque ! s'écria l'un des visiteurs. Au fait, avez-vous lu le *Jour libre* et le *Petit Français* de ce matin ?

— Mais non, pas encore, répondit Poirier qui devint tout rose d'émotion.

— Lisez d'abord cet article, dit le journaliste en lui tendant *Jour libre*. Vous allez avoir une agréable surprise.

À peine eut-il lu quelques lignes que Poirier changea de visage. Il avait blêmi, la sueur perlait à son front et, à mesure qu'il avançait dans sa lecture, la colère qui s'amassait en lui achevait de le défigurer. Guettant sur ses traits l'apparition d'un joyeux sourire, les journalistes voulaient voir dans cette physionomie grinçante une expression de stupeur émue. Il avait oublié leur présence.

— C'est impossible ! rugit-il en jetant le journal. Qu'est-ce que c'est que cette ânerie, ce bluff imbécile ?

— Ce n'est pas un bluff. Nous l'avons constaté nous-mêmes. La peinture de Lafleur est bel et bien une nourriture.

— Je m'en fous ! Même si c'est vrai, je considère Lafleur comme un zéro, un peintre sans aucun talent, un barbouilleur prétentieux et borné. Je le connais mieux que personne. Il ne fera jamais que des navets. Tant mieux pour lui s'il trouve des gens assez bêtes pour les manger, mais je ne serai jamais de ceux-là.

Cette réaction inattendue souleva un murmure réprobateur dans l'assistance. Poirier eut conscience d'être allé trop loin et essaya de se dominer.

— Évidemment, il y a là une découverte qui fait honneur à l'ingéniosité de Lafleur. Sa recette trouvera d'ailleurs des applications beaucoup plus utiles dans d'autres domaines que dans celui de la peinture où elle ne saurait être qu'une attraction amusante.

— Selon vous, demanda quelqu'un, l'inspiration artistique ne serait pour rien dans l'apparition de ce prodige ?

— Comment voulez-vous qu'il existe un lien entre l'inspiration artistique et la nourriture ? C'est rigoureusement impossible. En revanche, j'ai toujours pensé que Lafleur devait brillamment réussir dans l'alimentation.

Poirier avait beau se contraindre, il ne parvenait pas à dissimuler sa hargne ni son dépit. Les journalistes n'insistèrent pas. Après lui avoir décoché quelques réflexions acides, ils prirent congé du peintre en l'appelant cher grand maître.

Au début de l'après-midi, Lafleur envoya un gamin lui chercher les journaux du soir. La plus large place y était réservée au grand événement du jour. Il apprit ainsi que dès l'ouverture de la galerie, une foule considérable s'était portée chez Hermèce. Devant la vitrine où la fillette en jaune se trouvait de nouveau exposée, l'affluence était si considérable qu'il fallait un service d'ordre pour la canaliser. La nouvelle s'était répandue très rapidement et de toutes parts affluaient des gens affamés, sans compter les simples curieux. Une information de la dernière minute parlait d'un embouteillage complet de la rue de La Boétie et des rues avoisinantes. Les journaux relataient également qu'un inconnu, ayant découvert une petite toile de Lafleur dans une galerie de la rive gauche, l'avait achetée huit cent cinquante mille francs. Un journal d'extrême gauche déplorait du reste qu'une peinture si bien faite pour réconforter l'humanité souffrante devînt la proie des puissances d'argent. Chez le seul Hermèce, faisait observer l'auteur de l'article, il y avait suffisamment de toiles pour nourrir chaque jour des milliers de sous-alimentés et leur rendre force et santé. L'information selon laquelle Lafleur venait de partir pour l'Amérique était donnée sous toutes réserves. En général, on soupçonnait le valet de chambre d'avoir protégé, par ordre, la tranquillité de son maître, mais l'idée n'était venue à personne qu'il fût le maître lui-même.

Ce qui intéressa le plus vivement Lafleur, ce fut le récit de la visite des journalistes à l'atelier de Poirier. *Soir libre* en donnait la version suivante : « On nous avait dit : Allez donc voir le peintre Poirier, il n'a pas de meilleur ami. Nous nous rendîmes à son atelier où le meilleur ami nous fit attendre sa venue une dizaine de minutes, sans doute pour nous laisser le temps d'admirer sa propre peinture. Hélas, nous eûmes vite épuisé le plaisir de la contempler. Enfin, arriva un monsieur au visage tuméfié, boursouflé. C'était le meilleur ami. Sans nous laisser le temps de placer un mot, il se mit à parler complaisamment de sa propre peinture et à expliquer pourquoi il était un grand peintre. Ma peinture. Ma peinture. Toujours ma peinture. Je réussis pourtant à lui faire comprendre l'objet de notre visite. Sans aucun doute, la visite des journalistes à cette heure matinale lui avait fait croire qu'il était devenu l'homme du jour. Sa déception fut telle que, dans un accès de fureur, il nous livra ses vrais sentiments à l'égard du peintre Lafleur. Tout ce que le génie et la grandeur peuvent inspirer d'envie et de basse rancune à un talent médiocre éclata dans une suite de propos injurieux, de dénigrements haineux. Selon lui, Lafleur n'était qu'un zéro, un raté dépourvu du moindre talent. Le meilleur ami n'était qu'un faux ami. »

Lafleur achevait la lecture de cet article non sans éprouver quelques remords lorsqu'il entendit frapper. Avant qu'il eût rien dit, une petite vieille poussa la porte et, en entrant dans l'atelier, demanda sur un ton hargneux :

— C'est bien vous monsieur Lafleur, oui ? Alors c'est vrai ce qu'on raconte de vos tableaux ? J'ai faim, moi.

Le peintre la fit asseoir en face de l'*Homme à l'harmonica*.

— Ça ne vous coûte rien, fit observer la vieille. De mon temps, quand on voulait manger, on travaillait. Maintenant, à ce que je vois, on barbouille. Et je suis sûre encore que ça vous rapporte. Vous êtes bien meublé, vous n'avez pas l'air d'être malheureux. Moi, dans ma jeunesse, j'ai travaillé à cinq sous de l'heure et des journées de douze heures et plus. Aujourd'hui, j'ai la retraite des vieux, juste de quoi manger mon pain sec et la boisson au robinet. Les tickets de viande, les tickets de beurre, c'est pour ceux qui ont les moyens. Pour nous, les vieux, tout est trop cher. La vie, elle ne veut plus de nous. Même dans le vestibule, on nous trouve de trop. Quand on a trimé toute une vie, pensez qu'à treize ans j'étais déjà en atelier, toute une vie quand on a trimé, qu'on arrive au bord de ne plus travailler, qu'on est fatigué à n'en plus pouvoir, on voit la vieillesse comme une récompense. On pense aux petits pas dans la chambre chaude, avec un vieux chat qui aura de la peine le jour qu'on passera de l'autre côté. Se faire des douceurs, tricoter un peu dans une chaise commode (ne plus rien faire, on aurait honte), le nez à la fenêtre à regarder la vie qui finit de couler entre les fleurs du géranium. On en est revenu. La chambre sans feu, pas de mou pour le chat, pas seulement pour soi, le géranium à cent francs le pot. Dites donc, mais c'est pourtant vrai que ça nourrit, votre affaire. Je me sens toute drôle, un peu comme saoule. Vous avez de la chance. Être jeune. Avoir à manger pour toujours.

— Tranquillisez-vous. À partir de maintenant, vous n'aurez plus faim. Je vais vous donner ce qu'il vous faut.

Lafleur alla jusqu'au fond de l'atelier et décrocha une toute petite toile pendue à un clou, sur laquelle il avait peint une pomme et un verre de vin. La vieille le surveillait du coin de l'œil, le regard aigu, les lèvres pincées. Elle lui arracha le tableau des mains.

— Il n'est guère grand, dit-elle d'une voix

sèche. Enfin, c'est bon. Merci. Je vais quand même finir de manger sur le vôtre.

Pendant que la vieille repiquait à l'*Homme à l'harmonica*, on frappa à la porte. Lafleur alla ouvrir et se trouva en présence d'une jeune femme maigre, pauvrement vêtue, tenant par la main un gosse de sept à huit ans, blême, à l'air abruti. Elle avait un regard timide, implorant et ne savait comment s'y prendre pour dire ce qui l'amenait. Lafleur les fit entrer dans l'atelier et les conduisit à l'une de ses toiles. Ahuri, le gosse tournait la tête de tous les côtés, posant ses regards partout, sauf sur la peinture. Enfin, un détail du tableau ayant retenu son attention, il comprit sans avoir besoin d'explications et ne perdit plus une seconde. Rassasiée, la petite vieille considérait les nouveaux venus avec hostilité, l'air pointu et malveillant. N'osant profiter elle-même de l'occasion, la mère regardait manger son enfant et, par discrétion, pour convaincre Lafleur qu'elle n'abusait pas, levait les yeux sur le vitrage de l'atelier.

— C'est pour vous aussi, lui dit-il.

Elle le remercia d'un sourire, eut un mouvement du buste en avant comme pour se jeter sur la toile et se mit à manger avec plus d'avidité encore que le gosse. Longtemps, Lafleur regarda les deux silhouettes grêles, les épaules en goulot de bouteille, les nuques creuses et livides. Il alla chercher une autre toile, une petite étude de fleurs qu'il avait terminée l'avant-veille. L'ayant suivi, la vieille lui dit à mi-voix :

— Ne gaspillez donc pas vos marchandises pour ces gens-là. Ce n'est pas du monde intéressant. Des traîne-savates, des fainéants, voilà ce que c'est. Je leur en foutrais, moi.

— J'ai presque envie de leur donner le vôtre, répliqua Lafleur. À votre âge, vous n'avez pas besoin de tant manger.

Effrayée, la petite vieille serra son tableau contre sa robe, se mit à trotter vers la porte et disparut en grommelant. Lorsque la mère et l'enfant, restaurés et munis pour l'avenir, eurent également quitté l'atelier, Lafleur s'enferma à clé et se promit de n'ouvrir à personne. Je finirais par n'avoir plus une minute pour travailler, se disait-il, et il ne me resterait bientôt plus une toile. À peine venait-il de se remettre à peindre qu'il entendit le bruit d'un pas nombreux sur le palier. Des coups de poing ébranlèrent la porte, cependant que des voix criaient :

— Ouvre-nous, grande vache. On le sait que tu n'es pas à New York. Grouille-toi ou on va te corriger.

Lafleur ouvrit la porte en riant et une cohue fleurie envahit l'atelier. C'étaient les copains de la Butte qui venaient le féliciter. S'étant concertés dans la matinée, ils avaient décidé de ne pas manger à midi et de venir tous ensemble lui demander à déjeuner sur le coup de quatre heures. Ils apportaient des fleurs et des bouteilles de champagne. Presque tous, Lafleur en fut touché et un peu peiné aussi, avaient mis leurs meilleurs vêtements. Dans le premier moment, tout en s'efforçant à la familiarité, ils se trouvaient, devant lui, gênés et contraints, comme si le vieil ami avec lequel ils avaient si souvent échangé des services, des injures et des confidences, était tout à coup devenu lointain. Ils se rassuraient peu à peu en constatant qu'il n'avait changé en rien, et toute distance se fut bientôt effacée. La fête devint si joyeuse et si animée que la Girafe se trouva saoule avant d'avoir bu et mit sa poitrine de garçon à l'air. Lafleur avait pris soin de tourner tous ses tableaux face aux murs.

— Excusez-moi, dit-il. J'ai une course à faire dans le quartier. Je serai rentré dans un quart d'heure et on se mettra à table aussitôt. En attendant, je vous recommande de ne pas regarder ma peinture. Elle vous couperait l'appétit.

Il monta rapidement la rue des Saules et, dévalant la pente opposée jusqu'à la rue Gabrielle, alla frapper à la porte de l'atelier du numéro 97. Ce fut Poirier lui-même qui vint ouvrir. En voyant son rival, il eut un haut-le-corps. Ses yeux cerclés de jaune et de mauve s'injectèrent.

— Qu'est-ce que tu viens foutre ?

— Je viens te faire des excuses, dit Lafleur. Ce matin, c'est moi qui t'ai envoyé les journalistes en leur disant que tu étais mon meilleur ami.

— Va-t'en.

— Allons, je viens chez toi, tu ne vas pas tout de même me mettre à la porte. Je regrette ce que j'ai fait ce matin. Je voudrais envoyer une note aux journaux pour mettre les choses au point. Si tu veux, on la fera ensemble. Tu acceptes?

Poirier ne répondait pas et regardait le bout de ses souliers.

— En ce moment, il y a tous les copains qui sont chez moi. J'ai senti que tu leur manquais.

— Je ne vous empêche pas de rigoler, dit Poirier. Mais moi, ce n'est pas mon jour.

Il tenait toujours la tête baissée. Il était très malheureux.

— Tu vas voir la note qu'on va écrire pour les journaux. Ça va tout renverser d'un seul coup. Je le dirai que j'ai été infect avec toi et aussi que j'ai passé mon temps à dire des vacheries sur ton compte. Au fait, je me demande bien pourquoi on s'est brouillé, tous les deux. Ce que je sais, c'est que j'avais encore mon atelier dans le bateau-lavoir. Attends, je crois que c'est venu à cause de Manette. Une petite blonde, elle s'était installée chez moi, elle zézayait un peu, elle avait la folie du quinquina. Enfin, quoi, Manette. J'avais cru m'apercevoir que tu lui faisais du gringue.

— Je ne me rappelle pas bien, dit Poirier en rougissant légèrement.

— Fumier, va, dit affectueusement Lafleur. Je suis tranquille qu'en douce tu te l'es envoyée.

Poirier releva la tête et eut un petit rire timide. Il s'était effacé pour laisser le passage à Lafleur.

— Manette, aujourd'hui, on s'en fout, dit Lafleur. Manette, je l'ai revue il y a un mois, figure-toi. Elle a épousé un bijoutier du faubourg Saint-Honoré. Elle ne parle plus que de sa voiture, de ses domestiques et de ses réceptions.

Il était arrivé au milieu de l'atelier. En voyant les toiles de Poirier, il eut une flambée dans le regard et sa bouche se crispa un peu. Il réussit à se dominer et, ravalant sa salive, déclara :

— Je me demande pourquoi j'en disais tant de mal. Au fond, je n'ai rien contre ta peinture.

Une minute, Poirier regarda dans le vide. Il avait l'air de rassembler sa volonté.

— C'est comme moi, dit-il enfin. Ta peinture, je n'en pensais pas tout le mal que je disais.

Un silence gêné suivit ces affirmations méritoires. Loulette Bambin entra dans l'atelier et demeura éberluée d'y trouver Lafleur.

— Bonjour, dit-il en l'embrassant. On n'attendait plus que toi pour partir.

Ils partirent tous les trois pour la rue Saint-Vincent, bras dessus bras dessous, Loulette entre les deux anciens ennemis. Poirier restait triste, se demandant s'il n'était pas en train de hasarder sa dignité, mais les copains saluèrent la réconciliation avec un grand enthousiasme et la fête se prolongea jusqu'au cœur de la nuit.

Les jours suivants, la presse continua à consacrer d'importantes colonnes à la peinture de Lafleur. La curiosité du public était insatiable et la plupart des journaux étaient enlevés jusqu'à épuisement du tirage. L'un d'eux faisait observer à ce sujet qu'aucun événement politique, depuis la Libération, n'avait suscité, à beaucoup près, autant d'intérêt parmi la masse des Français. Lafleur, grâce à des complicités et des subterfuges, réussit à échapper aux journalistes pendant une semaine encore. Traqué, trahi par sa femme de ménage, il finit par se rendre et les accueillit dans son atelier. Photographié et rephotographié, il se montra peu brillant et ne sut que répondre à la plupart des questions qui lui furent posées : « Comment travaillez-vous ? Que pensez-vous de la peinture ? Quelle sera l'influence de votre œuvre sur la peinture ? » et cent autres pareilles. Pendant qu'il se débattait ainsi, une jeune journaliste américaine lui déroba sa brosse à dents et son bouton de col qu'elle emporta dans le nouveau monde à titre de souvenir. La presse étrangère, qui avait d'abord paru sceptique, fit également grand bruit autour de la peinture nourrissante. Le *Chi-*

cago Herald, à grands frais, envoya une équipe de savants à Paris pour étudier la peinture de Lafleur et déterminer la nature du support physico-chimique de ses vertus nutritives. L'équipe examina plusieurs tableaux, fit des prélèvements, des analyses de toutes sortes, et ne découvrit rien qu'elle n'eût découvert dans les œuvres de n'importe quel autre peintre. À vrai dire, les critiques d'art ne firent pas mieux que les savants. Ils étudiaient l'art de Lafleur avec autant de conscience que de science, mais ce qu'ils écrivaient aurait pu s'appliquer aussi bien à nombre de peintres dont les toiles ne nourrissaient pas. L'événement les avait surpris dans des habitudes et des commodités qui ne suffisaient plus à faire la preuve de leur intelligence, ce qui paraît être le but de toute critique. Ils n'étaient du reste pas tous des fervents de Lafleur. Quelques-uns d'entre eux le traitaient même sévèrement, affectant de considérer le pouvoir nutritif de ses tableaux comme un phénomène curieux, voire une attraction de baraque foraine, mais n'ayant rien à voir avec la peinture et ne lui devant rien. Pontus, critique de l'hebdomadaire *Mon Bureau*, écrivait par exemple : « Je n'aime et n'admire que la grandeur, en quoi je suis bien de ma génération, de cette génération qui possède à un si haut point le sens de la grandeur et a engagé la France dans la voie, précisément, de la grandeur. Or, je le demande, où est la grandeur dans la peinture de M. Lafleur ? Admettons pour l'instant, nous réservant d'y revenir plus loin, que cette peinture comporte une certaine grandeur, j'entends de cette grandeur qui n'est qu'à nous, Français de France, patrie de, justement, la grandeur. Ceci posé ou, pour mieux dire, supposé, accepterons-nous encore de nommer grandeur la grandeur d'une œuvre qui ne doit sa grandeur qu'à une particularité sans grandeur ? Certes non, car la grandeur d'un Cézanne ou d'un Renoir, si elle était inséparable d'une choucroute garnie (donc sans grandeur) serait elle-même dépourvue de grandeur, en tout cas, de vraie grandeur, si nous appelons grandeur la grandeur qui conditionne la grandeur. Ceci démontre... ». Boitelier, le critique du *Fagot*, écrivait de son côté : « On ne peut refuser à la peinture de Lafleur une certaine efficience, et nous ne cacherons pas que l'efficience est pour nous le seul vrai chemin de la grandeur. Malheureusement, il est des chemins qui n'aboutissent pas, soit qu'ils s'arrêtent court, soit qu'ils reviennent après d'inutiles méandres à leur point de départ. Je crains bien que Lafleur, en dépit d'une indéniable efficience, se soit mis dans le cas de n'aboutir jamais. C'est que la peinture de cet artiste n'est pas une peinture engagée. Ne dit-on pas d'ailleurs qu'il aurait eu un cousin germain chef de cabinet d'un ministre vichyssois ? Loin de moi la pensée de rien insinuer, mais enfin, un fait est un fait. Si Lafleur avait souffert de cette parenté, cela se verrait dans sa peinture. » Derecoi, le critique existentialiste de *Moi et le Monde*, exhalait sa mauvaise humeur en ces termes : « Nulle manifestation de l'être en tant qu'être ne pose plus simplement, plus schématiquement, plus voyablement, le problème des rapports et des imbrications entre la déréliction et la facticité d'une part, le dépassement et l'alcalinité-angoisse d'autre part, que ne saurait le faire l'œuvre d'art plastique, soit qu'on l'envisage comme un possible non encore thématisé, soit qu'on l'appréhende déjà existant en fait. Étant, n'étant pas, elle est en fait ou en devenir limite sécante de la conscience, conscience de quelque chose et du monde transcendant au moi néantisé (d'où tombement juste du contour sécant = grandeur). J'aperçois bien ce que la peinture de M. Lafleur prétend faire d'un problème aussi simple et quels arguments il propose lui-même aux tenants d'une certaine esthétique. Il donne à entendre que l'art n'est nullement la limite sécante, l'inclusion rétroversée d'un phénomène d'aperception dans un tout contingent, puisque sa peinture à lui s'alimente aux sources d'une transcendance qui n'est pas la nôtre. Mais la ficelle de M. Lafleur est vraiment trop grosse. Je lui répondrai d'abord que pour un esprit objectif, la singularité de sa peinture n'est qu'un phénomène à classer et qu'au demeurant, les propriétés nutritives de ses tableaux ne sont ni plus ni moins mystérieuses que celles d'une pomme de terre ou d'une tranche de gigot... ».

Dès les premiers jours, Lafleur avait pris le parti de ne plus lire les articles qui lui étaient consacrés et s'en trouvait bien. Il n'aurait pu le faire qu'au détriment de son travail et jamais il ne s'était senti dans des dispositions aussi laborieuses. Son étourdissante renommée n'avait presque rien changé à sa façon de vivre. Attentif à ne pas étendre le cercle de ses relations, travaillant du matin au soir (sauf les deux jours de jeûne par semaine auxquels il s'astreignait régulièrement), il ne sortait guère de chez lui. Parfois, des amis venaient passer un moment dans son atelier pour le regarder peindre et chercher un enseignement. Ils lui disaient leur étonnement de le trouver aussi calme, aussi équilibré au centre du glorieux tintamarre suscité par sa peinture. « Au fond, répondait Lafleur, il ne m'est rien arrivé. » En prononçant ces paroles, il était sincère et toutefois se trompait lui-même. Il lui arrivait souvent de considérer ses tableaux avec une pesante inquiétude qui tournait presque toujours aux remords. Il songeait à la quantité de force et de vie contenue dans ces toiles et ne profitant à personne. Ce don de créer des œuvres vivifiantes lui paraissait comporter des obligations et de plus en plus, il se sentait responsable du pouvoir qui lui était imparti. Dans la rue, ces mêmes pensées revenaient l'assaillir à la rencontre d'un enfant malingre, sous-alimenté. Un jour, il eut l'idée d'aller trouver le directeur d'une école communale du voisinage et lui remit une toile pour subvenir à la nourriture de ses élèves. Chaque semaine, il en plaça ainsi deux ou trois dans les écoles du quartier. Il ne lui en restait plus que quatre dans son atelier lorsque le besoin d'argent l'obligea d'en vendre une. Un marchand de tableaux la lui acheta six millions et, pour faire les choses régulièrement, proposa un échange de lettres antidatées où l'opération figurait pour quinze mille francs. Cette proposition, bien entendu, Lafleur l'accepta.

Hermèce, lui, était fort satisfait de toute cette publicité tapageuse qui, sans lui coûter un sou, lui valait gloire et profit. Sa boutique ne désemplissait pas. Outre la fillette en jaune qui triomphait dans la vitrine et continuait à attirer sur le trottoir une foule considérable, un Lafleur était exposé à l'intérieur de la galerie, où il était solidement arrimé à la cimaise. Mais les gens chics et le Tout-Paris du marché noir avaient accès aux appartements d'Hermèce où il étalait sa collection de Lafleur. Au lieu d'offrir le thé, sa femme proposait une dégustation de portraits ou de paysages. On n'en finissait pas de complimenter le marchand, qui faisait figure de découvreur. Les journaux l'appelaient le Vollard de notre époque, on disait qu'il avait été de la Résistance et, comme il ne démentait pas, on lui décerna une croix de quelque chose. Cependant, il y avait, sur la peinture de Lafleur, un boum comme jamais vu. Les prix montaient à vue d'œil, un million par semaine, et le bruit courait que les meilleures toiles finiraient par valoir cent millions. En Amérique, les milieux boursiers en furent impressionnés et le franc se raffermit sur les marchés étrangers. À la Chambre, le président du Conseil chantait chaque jour deux hymnes à la grandeur de la France. Il fit voter d'enthousiasme l'achat de deux tableaux par l'État. On les plaça au Louvre où la foule afflua aussitôt. Les gardiens n'avaient jamais vu autant de monde ni même la centième partie et perdaient la tête. Pressés les uns contre les autres, les visiteurs emplissaient toutes les salles et piétinaient en attendant leur tour de contempler les Lafleur. Et ces gens n'avaient même pas un regard pour la *Joconde.* Irrités de faire la queue, impatients, ils se marchaient sur les pieds, s'injuriaient, se bousculaient. Des bagarres éclatèrent. Un jour on se battit à coups de Rembrandts, de Raphaëls, de Fragonards, de Davids.

Les toiles nourrissantes, dites de l'époque pleine, n'étaient pas seules à profiter du tapage de la presse. Celles de l'époque antérieure qu'on appela l'époque jockey atteignaient des prix déjà considérables. On n'en trouvait pas à moins de sept cent mille francs. On découvrit d'ailleurs qu'elles n'étaient pas entièrement dépourvues de qualités nutritives et qu'elles rayonnaient en une heure la valeur d'une petite tasse de lait. C'était tout de même intéressant. Peu à peu devait se révéler l'existence d'une époque intermédiaire comprenant des tableaux d'un rayonnement frugal, mais déjà substantiel. De telles découvertes faisaient rebondir à chaque instant le cas Lafleur et la presse ne manquait pas de les monter en épingle. La population parisienne et celle des grandes villes donnaient des signes d'une nervosité à laquelle la peinture nourrissante semblait n'être pas étrangère.

Dans leur mansarde du quartier de la Bastille, Moudru et Balavoine éprouvaient pour leur part une nervosité d'une espèce particulière. Les premières semaines vécues avec le cadeau de Lafleur avaient été un enchantement. Chaque jour, ils prenaient leurs trois repas sur le paysage de la rue des Saules et s'endormaient dans la quiétude du lendemain. Ils reprenaient rapidement des forces, avaient des faces poupines et des joues vermeilles.

— On peut se vanter d'être des heureux, disait Balavoine. Je ne changerais pas ma place contre celle d'un ministre, ni même celle d'un roi. Ils ont voitures et tout le tenant, c'est entendu, mais pour combien de temps, ils n'en savent rien. Tandis que nous, c'est du sûr et c'est du tranquille.

Sauf en ce qui concernait les repas, leur condition n'avait cependant pas changé. Ils restaient pauvrement logés, pauvrement vêtus, sans amour et sans argent. Bientôt, ils se furent habitués à manger tout leur saoul et cessèrent de s'en émerveiller. Les journées, d'une monotonie accablante, devenaient interminables. Loin d'être un recours, la méditation leur proposait des images de la vie propres à les dégoûter de leur sort.

— L'homme n'est pas fait pour vivre comme un cochon à l'engrais, disait Balavoine. J'aimerais mieux être moins bien nourri et avoir l'existence de tout le monde.

— Bien sûr, soupirait Moudru, mais avoir faim, ce n'est pas drôle non plus. Ce qu'il faudrait, c'est travailler. Nourri, on se servirait de notre argent pour autre chose. On irait au café, au cinéma, on s'achèterait de quoi s'habiller. Sans compter que quand on travaille, le temps passe.

— D'accord, mais moi, je ne peux pas travailler. Avec mon passé politique, rien à faire. Mais toi, travaille.

— Je ne sais rien faire, alléguait Moudru.

Le genre de vie auquel ils semblaient condamnés leur pesait de plus en plus. Le paysage de la rue des Saules accroché de guingois au mur de la mansarde commençait à les écœurer. Pour rompre la monotonie des heures, ils se promenaient dans les rues, mais dépourvus d'argent, n'ayant même pas de quoi acheter un journal, ils passaient à travers la vie de la ville sans avoir de contacts avec elle, et ces sorties ne leur procuraient aucun réconfort. Place de la République, un soir qu'ils regagnaient leur logis, Moudru ramassa un journal qu'un passant venait de laisser tomber sur le trottoir. Ils furent étonnés en constatant l'importance accordée par la presse à la peinture de Lafleur.

— Écoute ça, dit Moudru : « L'État vient d'acquérir deux tableaux de Lafleur, un paysage sous la neige et une scène de musique de chambre, qu'il a payés respectivement onze et quatorze millions. Ces deux tableaux, d'une facture admirable, seraient destinés, dit-on, au Musée du Louvre. »

Les deux compagnons se regardèrent et n'eurent pas besoin de parler pour comprendre qu'ils étaient d'accord. Le lendemain matin, ils quittaient la mansarde de bonne heure, emportant le paysage de la rue des Saules. Sur le point de s'en séparer, ils avaient le cœur un peu serré. Moudru lui-même qui, par nature et par expérience, se méfiait des mouvements du cœur, éprouvait une gêne assez proche du remords.

Passant sur les boulevards, ils eurent l'occasion d'assister à une scène courte et violente. Le patron d'un restaurant de moyenne apparence apparut au seuil de son établissement, tenant par le col un de ses employés, qu'il jeta dehors après l'avoir traité de canaille et de voleur. Le garçon de restaurant, sous la poussée, faillit s'étaler sur le trottoir mais, retrouvant l'équilibre, il se retourna et lança : « Va donc, catégorie C, avant deux mois, je verrai ta boîte en faillite. » Le patron ne trouva rien à répondre, mais l'expression de colère qui animait son visage fit place à un air de tristesse soucieuse. L'incident fit rire Balavoine et laissa Moudru tout pensif.

Une foule importante encombrait déjà les abords de la galerie. Des visages aux regards avides se tendaient vers la fillette en jaune que les deux compagnons n'aperçurent même pas. La boutique était également pleine de monde. Hermèce se tenait dans la pièce du fond. Partagé entre la rancune et la curiosité, il hésita d'abord, puis accepta de recevoir les deux visiteurs, avec l'espoir de les humilier.

— C'est un tableau que Lafleur nous avait donné, dit Moudru en montrant le paysage de la rue des Saules.

— Vous voulez le vendre ? J'aime autant vous dire que vous n'en tirerez pas grand-chose. Ce n'est même pas un tableau, c'est une simple étude.

— Tableau ou étude, vous n'en trouverez pas de plus nourrissant. Vous pouvez l'essayer si vous êtes disposé à l'acheter. Vous en donneriez combien ?

— Oh ! moi, déclara Hermèce, je ne suis pas acheteur. En ce moment il y a une baisse terrible sur les Lafleur. Avec un peu de chance, vous arriverez peut-être à en tirer quatre-vingt mille francs. Avant tout, ce qui compte dans un tableau, c'est sa valeur artistique et cette étude-là n'en a aucune.

Balavoine, atterré, eut un geste de désespoir, mais Moudru ne paraissait nullement démonté.

— Puisque vous n'êtes pas acheteur, n'en parlons plus. Au fond, je ne suis pas inquiet. Une pièce comme celle-là, on trouve toujours à la placer d'une façon ou d'une autre.

— Écoutez, dit Hermèce, puisque vous avez besoin d'argent, je vais quand même vous tirer d'embarras. Je prends votre étude à quatre-vingt mille.

— Et avec ça, vous ne voulez pas que je vous donne aussi mes bretelles ? demanda Moudru.

Il tourna les talons avec un ricanement de mépris et entraîna Balavoine vers la sortie. Hermèce, anxieux, se leva de son fauteuil et jeta :

— Tenez, j'irai jusqu'à cinq cent mille !

Balavoine frémit de la tête aux pieds. Il eut un

mouvement pour revenir sur ses pas, mais Moudru le ramena d'une main ferme et le poussa devant lui. Hermèce les poursuivit et, les ayant rattrapés dans la galerie au milieu de l'affluence, murmura : « Un million. » Moudru ne tourna même pas la tête. Lorsqu'ils furent sur le trottoir de la rue de La Boétie, Balavoine considéra son compagnon avec respect. Il l'admirait d'avoir refusé un million et se sentait lui-même grandi.

— J'aurais voulu que mon cousin Ernest soit là pour nous voir discuter le coup. Tout sous-préfet qu'il est, je crois qu'il en aurait bavé un petit peu.

— Un million, pour moi, ça n'existe pas, déclara Moudru. Des millions, je veux qu'avant un an, on en ait au moins chacun dix. Tu verras.

Ils refirent en sens inverse le chemin des boulevards et entrèrent dans le restaurant catégorie C dont l'employé chassé avait tout à l'heure prédit la faillite. L'air maussade et préoccupé, le patron les accueillit sans empressement, mais s'intéressa tout de suite à la proposition de Moudru. L'accord se fit sur-le-champ. Un tiers des recettes devait revenir au patron du restaurant, tandis que le reste serait partagé entre les deux propriétaires du tableau. Le lendemain, l'établissement fermait ses portes pour cause de transformation. Quelques jours plus tard, devenu le restaurant de la Bonne Peinture, il était prêt à accueillir les clients. À la porte, en énormes caractères, était affiché le menu : « Effet de soleil sur la rue des Saules, par l'illustre peintre Lafleur ». Dans la salle, les tables avaient disparu pour faire place à des chaises qui, au nombre de deux cents, étaient distribuées de chaque côté d'une allée étroite. Les clients étaient assis là comme au cinéma et regardaient le tableau de Lafleur, accroché au mur du fond et éclairé par une rampe, tandis qu'un pick-up, placé dans la cuisine, déversait des airs de swing ou de tango par le guichet des plats. En général, les clients étaient rassasiés au bout de vingt minutes et, n'ayant plus rien à faire dans la salle, abandonnaient leurs chaises. Seuls, quelques gros appétits restaient quarante minutes ou trois quarts d'heure. Le prix de la place était de quarante-cinq francs. Moudru et le patron du restaurant distribuaient les tickets d'entrée. Balavoine, qui tenait à ne pas se faire remarquer, était à la cuisine où il s'occupait du pick-up. Dès le premier jour, les affaires avaient été brillantes. Quelques milliers de prospectus, distribués dans le quartier, avaient attiré l'attention du public sur le restaurant de la Bonne Peinture. De dix heures du matin à minuit, l'établissement ne désemplissait pas. La moyenne des recettes journalières était aux environs de deux cent mille francs. Moudru et Balavoine avaient de très beaux complets, de grosses bagues en or et une petite moustache Hollywood qui leur allait bien.

La création de ce restaurant de peinture allait contribuer à surexciter les esprits. Les Parisiens, mal nourris, constamment déçus dans leurs espérances de voir le ravitaillement s'améliorer, avaient l'imagination hantée par ces inépuisables réserves de nourriture que constituaient les œuvres de Lafleur. Le nom du peintre revenait à chaque instant dans les conversations. Ayant appris qu'il avait donné des toiles à plusieurs écoles de Montmartre, les journaux envoyèrent sur les lieux pour s'informer des résultats obtenus. Le public sut ainsi que les enfants de ces écoles privilégiées où ils prenaient chaque jour deux repas de peinture, avaient des santés éclatantes. « Dans ces écoles communales, écrivait le *Jour libre*, tout respire la force et la bonne humeur. Ces maîtres bien nourris, ces institutrices aux poitrines superbes sont dans la plénitude de leurs moyens. Mais que dire des écoliers et écolières ? La joie et le bonheur de vivre brillent sur leurs bonnes joues roses. Solidement musclés, vigoureux, épanouis, ils semblent défier la tristesse et la maladie. » De tels articles avaient un retentissement profond. De tous les points de Paris, des parents d'enfants souffreteux, rachitiques ou tuberculeux, montaient à Montmartre assister à la sortie des écoles

« lafleurisées ». Le cœur gonflé d'envie et de regret, les larmes aux yeux, ils contemplaient cette enfance en effet joyeuse et bien portante. Un sentiment de malaise et de mauvaise humeur s'affirmait dans la population parisienne. Des cortèges se formèrent spontanément dans plusieurs quartiers aux cris de « Lafleur ! Lafleur ! » Ces cris n'avaient rien de séditieux et les manifestants eux-mêmes ne leur attribuaient aucune signification précise. Il ne s'agissait pas d'appeler le peintre au pouvoir. On l'invoquait un peu comme une providence, sans se demander de quelle façon il interviendrait. Les milieux gouvernementaux étaient très inquiets. Le Conseil des ministres se réunit quatre jours de suite et décida l'attribution d'un ticket de confitures à tous les consommateurs de Paris et de banlieue.

La *France éternelle* fut le premier journal qui parla de nationaliser Lafleur. L'idée, reprise par d'autres organes, donna lieu à quelques brèves polémiques, mais ne trouva pas d'adversaires très résolus. Comme elle ne contrarierait pas de gros intérêts, les gens de droite se résignaient facilement à cette nationalisation-là. Le Conseil des ministres élabora un projet détaillé qui devait être discuté par la Chambre. Cependant, Lafleur continuait à travailler tranquillement dans son atelier de la rue Saint-Vincent. Informé par ses amis de ce qui se préparait, il ne fit qu'en rire. Huit jours plus tard, le projet de nationalisation était adopté par la Chambre à une très grosse majorité. Une commission comprenant vingt-quatre membres fut nommée pour étudier Lafleur et se rendit rue Saint-Vincent. Le peintre crut à une nouvelle irruption de journalistes et offrit un visage assez maussade. Le président de la Commission d'Étude de Réalisation exposa clairement le but de sa visite et présenta ses collaborateurs.

— Je préfère ne pas me fâcher, dit Lafleur. J'entends qu'on me fiche la paix avec cette plaisanterie et je vous invite courtoisement à vider les lieux sans tarder.

— C'est de l'enfantillage, répliqua le président. Nous sommes ici dans un établissement de l'État et nous y sommes de par la loi.

Cette fois, Lafleur se fâcha et déclara qu'il allait filer en Belgique.

— Impossible, fit observer le président. Il faut un passeport et vous pensez bien que l'État ne laisse pas ses instruments de production passer la frontière. Du reste, dès maintenant, une section de pompiers et une de gardes mobiles sont commises à votre sécurité. En cas d'incendie ou de tentative de vol, vous n'avez qu'à les appeler. Ils se tiennent en permanence dans la cour et sur le palier.

— En somme, ragea Lafleur, je suis prisonnier.

— Pas du tout. En dehors des heures de travail réglementaires, vous pouvez aller et venir à votre gré. Votre sécurité sera même assurée dans vos déplacements par une escorte de pompiers et de gardes mobiles. Et maintenant, mettons-nous au travail. Voyons d'abord votre comptabilité.

— Ma comptabilité ? Vous vous foutez de moi. Il n'y a jamais eu de comptabilité ici.

— Comment ! Vous n'avez pas de comptabilité ? Voilà qui est étrange. Bien étrange. Enfin, soit, nous aviserons plus tard. Pour l'instant, je vous demanderai de me fournir un minimum de renseignements sur le personnel d'une part, sur l'état de marche et le rendement des machines d'autre part.

— Volontiers, accorda Lafleur. Le personnel, c'est moi. Et en fait de machines, je n'en ai pas d'autres que ce poêle à charbon.

— De mieux en mieux, dit le président en se tournant vers ses collaborateurs. Vraiment il était temps que l'État intervienne.

— En effet, approuva le vice-président de la commission. Je constate que tout est à faire.

— En somme, dit un membre, nous allons partir de zéro.

Ayant assis son opinion quant au mauvais état de l'entreprise, la commission se retira. Durant quinze jours, elle travailla à consigner ses observations dans un rapport dont les conclusions devaient être approuvées, un mois plus tard, par le ministère du Ravitaillement. Tout d'abord, Lafleur put croire que sa nationalisation n'entraînerait aucun changement dans son existence. Il continuait à travailler en toute quiétude et liberté. Simplement, lorsqu'il allait au café ou chez des amis, une escorte de quatre pompiers et de quatre mobiles lui emboîtait le pas. Il en prit son parti avec bonne humeur et se peignit lui-même montant la rue des Saules à la tête de ses gardes. Mais cette période de tranquillité ne dura pas longtemps. Le ministère du Ravitaillement commença par réquisitionner une dizaine d'immeubles aux alentours de la rue Saint-Vincent, pour y installer les services de la P.D.L. (production et distribution Lafleur). Il y avait entre autres la direction artistique, le service des transports, celui de la comptabilité, celui de la publicité, le service technique, la direction du matériel, la direction du personnel. Cet édifice administratif comprenait un directeur général, un sous-directeur, un secrétaire général, onze directeurs de services et leurs sous-directeurs, des chefs de bureau, des sous-chefs et deux mille sept cent vingt-quatre employés. L'atelier de Lafleur fut relié par téléphone à tous les services de la P.D.L. et une jeune téléphoniste vint s'installer auprès du peintre. Une équipe de dépanneurs, comprenant seize hommes et un contremaître, fut logée dans l'appartement voisin dont les locataires avaient été expulsés. Un jour, une conduite intérieure et deux camions neufs de cinq tonnes s'arrêtèrent rue Saint-Vincent. Quatre hommes décorés sortirent de la conduite intérieure et de chaque camion descendirent deux costauds larges comme des armoires. Ils allaient à l'atelier chercher une toile de Lafleur connue sous la désignation de l'*Homme à l'harmonica*. Lorsque le peintre eut apposé sa signature au bas d'une vingtaine de formules et d'imprimés, les hommes de peine emportèrent le tableau. La toile fut chargée sur l'un des camions, le cadre sur l'autre camion et les deux pièces prirent le chemin de la rue Caulaincourt, service de la direction artistique. De là, l'*Homme à l'harmonica* passa dans d'autres services et fut ensuite rangé au magasin en attendant qu'une décision intervînt à son sujet.

Au bout d'un an, la population parisienne, qui avait beaucoup attendu de la nationalisation de Lafleur, fut déçue dans ses espérances. De nouveau on vit des cortèges parcourir les rues aux cris de « Lafleur ! ». Ce n'était plus le ton invocatoire des premières manifestations, mais celui de la colère et de l'indignation. Le gouvernement décréta que le ticket Y afférent à la carte de pain donnerait droit à un repas de peinture dans le courant du mois suivant. La P.D.L. déploya une activité fiévreuse. La salle du cinéma Gaumont fut réquisitionnée et l'on y offrit l'*Homme à l'harmonica* à l'appétit des Parisiens. Malheureusement, les tickets ne furent pas tous honorés. En un mois, quatre cent mille consommateurs seulement se trouvèrent admis à faire un repas de peinture. Encore y avait-il, parmi eux, de nombreux porteurs de faux tickets. Ce mince résultat ne laissa pas d'alarmer les puissances du marché noir. De hauts fonctionnaires de la P.D.L. furent soudoyés, des dizaines de millions distribués à divers échelons. Un beau jour, on constata que dix-sept tableaux de Lafleur, représentant toute sa production d'une année, avaient disparu de l'entrepôt où de grossières copies leur avaient été substituées. Le scandale ne put être étouffé. De graves émeutes éclatèrent sur divers points de la capitale. À Montmartre, rue Caulaincourt, l'immeuble de la direction générale de la P.D.L. fut envahi par les émeutiers qui tuèrent plusieurs employés, d'ailleurs innocents du vol des tableaux. Sous la pression de l'opinion publique, la Chambre vota la dénationalisation de Lafleur qui se trouva délivré de son escorte militaire en même temps que de la tutelle administrative et du téléphone. Dans le même temps, il eut une autre satisfaction. Soucieux d'apaiser l'opinion et craignant pour sa propre existence, le gouvernement prit une mesure énergique. Il décida de réquisitionner tous les Lafleurs qui, ayant une valeur comestible, n'étaient pas affectés à la consommation. Hermèce fut le premier touché par cette mesure. Tous ses Lafleurs de l'époque pleine et de l'époque intermédiaire lui furent enlevés d'un coup et payés à leur prix d'achat, majoré de quarante pour cent. Il perdit ainsi, en un seul jour, plusieurs centaines de millions et il en eut un si grand déplaisir qu'il tomba sérieusement malade. D'autres marchands durent également céder leurs Lafleurs à l'État et aux mêmes conditions. En général, les simples amateurs eurent plus de chance. Le service des réquisitions les ignora pour la plupart. Moudru et Balavoine n'eurent pas de mal à sauver leur Effet de soleil sur la rue des Saules qui rendait à la population du quartier des services incontestables. Mais la police, ayant enquêté sur l'origine du tableau, découvrit l'identité de Balavoine et l'arrêta. Quelques mois plus tard, il était condamné à vingt ans de travaux forcés. Moudru l'assista fidèlement dans cette épreuve, c'est-à-dire que durant un an, il lui envoya des colis, alla le voir à sa prison. Et la vie le lui fit oublier.

Le gouvernement réquisitionna ainsi une trentaine de tableaux dont la population ne retira pas le profit escompté. Les députés de la province ayant réclamé des attributions de peinture pour leurs circonscriptions, les Lafleurs furent répartis entre les grandes villes. Paris n'en conserva qu'une demi-douzaine, de quoi servir un repas mensuel à la moitié de la population. En même temps, la ration de pain était diminuée, la viande devenait plus rare, les stocks de conserves avaient pourri, le vin n'arrivait plus.

Affranchi du carcan administratif, Lafleur travaillait avec une grande ardeur. Il recommençait à faire des dons aux écoles communales de Montmartre et son nom était particulièrement populaire dans le quartier. Ses relations avec Poirier se poursuivaient sur le plan de l'amitié. Ils ne méprisaient presque plus leurs peintures respectives et sortaient volontiers ensemble, tantôt seuls, tantôt avec des amis. Un jour, le grand-père de la Girafe mourut subitement. On l'inhuma au petit cimetière Saint-Vincent et tous les amis de la Butte suivirent le convoi. La Girafe avait une si grande douleur qu'on n'osa pas l'abandonner à sa solitude. Les libations commencèrent à quatre heures de l'après-midi et l'on décida d'entreprendre un pieux pèlerinage dans tous les lieux où avait bu le grand-père. Toute la nuit, passant d'un café à un autre, la bande battit le pavé des rues hautes de la Butte.

— Grand-père, où es-tu? criait la Girafe. Grand-père, réponds-moi!

Et les copains, non moins ivres que la Girafe et irrités de la carence du grand-père, criaient en chœur après elle :

— Tu t'es encore saoulé la gueule! Montre-toi, vieux sac à vin!

On s'arrêtait un moment pour prêter l'oreille, mais le grand-père ne répondait pas. On repartait, on entrait dans un café, dans une boîte de nuit. Entre six et sept heures du matin, la Girafe et ses amis s'endormirent sur les banquettes d'un café de la place du Tertre et s'éveillèrent un peu avant midi. On convint que le grand-père n'était pas mort et on poursuivit les recherches pendant deux jours et deux nuits. Durant tout le temps de cette pieuse saoulerie, Lafleur parla d'abondance et fut souvent très écouté. Rentrés chez eux, les amis en étaient encore troublés. Ils n'avaient retenu aucune de ses paroles, mais se souvenaient qu'il avait été d'une éloquence à la fois subtile, émouvante et magnifique. Ce fut au cours de la semaine suivante que quatre peintres de Montmartre, de ceux qui avaient assisté la Girafe dans son deuil, peignirent leurs premiers tableaux nourrissants. Les historiens disputent si l'éloquence de Lafleur joua un rôle déterminant dans cet événement. Les amis de la Girafe en sont persuadés. D'autre part, le fait que peu de temps après cette éclosion de nouveaux talents nourrissants se soient révélés à Montparnasse et ailleurs, parmi des artistes n'ayant aucune relation avec Lafleur, autorisera toujours certains doutes. La chose était dans l'air, disent les gens prudents qui préfèrent constater plutôt que d'expliquer. En moins d'un an, plus de cinquante peintres, sans même l'avoir ambitionné, allaient entrer, eux aussi, dans leur époque pleine. Il y eut bientôt suffisamment de toiles nourrissantes pour que le marché noir s'effondrât. Les prix redevinrent normaux et, dans toute la France, mangea du poulet qui voulut. Ce grand mouvement d'art efficace, comme on l'a appelé depuis, ne devait pas rester cantonné dans le domaine de la peinture. On vit apparaître des sculpteurs efficaces. Leurs statues donnaient la vigueur, la grâce et faisaient tomber le ventre à qui caressait leurs formes de la main ou du regard. La musique efficace stimulait l'ardeur au travail et faisait tourner de puissantes machines sans qu'il fût besoin de les alimenter autrement. Comme on pouvait s'y attendre, les belles-lettres ne restèrent pas en arrière. Certains poètes publièrent des œuvres si chaleureuses qu'elles chauffaient facilement un appartement de cinq pièces avec la cuisine et le cabinet de toilette. D'autres rendirent aux Français le goût de la liberté et de la vérité. Il y eut même des écrivains, poètes et romanciers, qui procuraient un bon sommeil reposant. La nation tout entière, délivrée de ses plus noirs soucis, renaissait à la vie et à la jeunesse éternelle, travaillant, jouant, chantant.

Les nouveaux venus à l'art efficace ne faisaient pas oublier le nom de Lafleur qui était partout révéré à l'égal des plus grands des siècles passés. Pour les artistes de France comme pour ceux de l'étranger, le peintre de la rue Saint-Vincent faisait figure de patron et de jeune doyen, étant le premier qui eût été touché de la grâce efficace. Il se réjouissait sans arrière-pensée d'avoir des émules et il fut sincèrement heureux lorsque Poirier devint à son tour un peintre nourrissant. À vrai dire, la peinture de Poirier ne constitua jamais des repas bien solides. Ses toiles étaient d'agréables desserts, petits fours, sucreries et crèmes renversées. Les copains ne manquèrent pas de fêter son accession à l'efficacité. Ce fut au cours de ces réjouissances que la Girafe s'éprit d'Éleuthère Louébé, le grand poète efficace de la rue de l'Abreuvoir, qu'elle devait épouser quinze jours plus tard. Éleuthère était un homme de soixante ans, d'une rare élévation de pensée et d'une grande austérité de mœurs. Vouée à une existence de ménagère assidue, la Girafe renonça solennellement aux copains, aux sorties et aux boissons fortes. Plus jamais elle ne montrerait sa poitrine de garçon sous les lumières du soir. Par malheur, Éleuthère écrivait des poèmes d'une efficacité telle qu'il régnait dans son appartement une chaleur étouffante. Même en ouvrant la fenêtre, les deux époux avaient la gorge en feu. Le poète se mit à boire et l'on revit la Girafe errer de café en café, de verre en verre, et arpenter les rues de la Butte aux bras des copains en jetant à la nuit : « Éleuthère ! où es-tu, vieux schnock ? ». La nuit était sourde, les rues menaient au café, le pavé renaissait dans les aubes de zinc, Éleuthère vomissait dans son escalier, Éleuthère écrivait des poèmes brûlants, les copains peignaient des paysages merveilleux et ceux de Lafleur étaient toujours les plus beaux.

Ainsi commença cette existence édénique qui nous paraît à présent si naturelle que nous sommes un peu tentés d'oublier les jours amers du marché noir, de l'anarchie, de la corruption, des tickets de tout, de la fatigue et du découragement, une époque heureusement révolue et qui n'est pourtant pas très loin de nous.

COLLECTION FOLIO 2€

Dernières parutions

4671. D. H. Lawrence	*L'épine dans la chair* et autres nouvelles
4672. Luigi Pirandello	*Eau amère* et autres nouvelles
4673. Jules Verne	*Les révoltés de la Bounty* suivi de *Maître Zacharius*
4674. Anne Wiazemsky	*L'île*
4708. Isabelle de Charrière	*Sir Walter Finch et son fils William*
4709. Madame d'Aulnoy	*La Princesse Belle Étoile et le prince Chéri*
4710. Isabelle Eberhardt	*Amours nomades. Nouvelles choisies*
4711. Flora Tristan	*Promenades dans Londres. Extraits*
4737. Joseph Conrad	*Le retour*
4738. Roald Dahl	*Le chien de Claude*
4739. Fiodor Dostoïevski	*La femme d'un autre et le mari sous le lit. Une aventure peu ordinaire*
4740. Ernest Hemingway	*La capitale du monde* suivi de *L'heure triomphale de Francis Macomber*
4741. H. P. Lovecraft	*Celui qui chuchotait dans les ténèbres*
4742. Gérard de Nerval	*Pandora* et autres nouvelles
4743. Juan Carlos Onetti	*À une tombe anonyme*
4744. Robert Louis Stevenson	*La chaussée des Merry Men*
4745. Henry David Thoreau	*«Je vivais seul dans les bois»*
4746. Michel Tournier	*L'aire du muguet* précédé de *La jeune fille et la mort*
4781. Collectif	*Sur le zinc. Au café des écrivains*

4782. Francis Scott Fitzgerald	*L'étrange histoire de Benjamin Button* suivi de *La lie du bonheur*
4783. Lao She	*Le nouvel inspecteur* suivi de *Le croissant de lune*
4784. Guy de Maupassant	*Apparition* et autres contes de l'étrange
4785. D. A. F. de Sade	*Eugénie de Franval. Nouvelle tragique*
4786. Patrick Amine	*Petit éloge de la colère*
4787. Élisabeth Barillé	*Petit éloge du sensible*
4788. Didier Daeninckx	*Petit éloge des faits divers*
4789. Nathalie Kuperman	*Petit éloge de la haine*
4790. Marcel Proust	*La fin de la jalousie* et autres nouvelles
4839. Julian Barnes	*À jamais* et autres nouvelles
4840. John Cheever	*Une Américaine instruite* précédé d'*Adieu, mon frère*
4841. Collectif	*« Que je vous aime, que je t'aime ! » Les plus belles déclarations d'amour*
4842. André Gide	*Souvenirs de la cour d'assises*
4843. Jean Giono	*Notes sur l'affaire Dominici* suivi d'*Essai sur le caractère des personnages*
4844. Jean de La Fontaine	*Comment l'esprit vient aux filles* et autres contes libertins
4845. Yukio Mishima	*Papillon* suivi de *La lionne*
4846. John Steinbeck	*Le meurtre* et autres nouvelles
4847. Anton Tchekhov	*Un royaume de femmes* suivi de *De l'amour*
4848. Voltaire	*L'Affaire du chevalier de La Barre* précédé de *L'Affaire Lally*
4875. Marie d'Agoult	*Premières années (1806-1827)*
4876. Madame de Lafayette	*Histoire de la princesse de Montpensier* et autres nouvelles
4877. Madame Riccoboni	*Histoire de M. le marquis de Cressy*

4878. Madame de Sévigné	*« Je vous écris tous les jours... » Premières lettres à sa fille*
4879. Madame de Staël	*Trois nouvelles*
4911. Karen Blixen	*Saison à Copenhague*
4912. Julio Cortázar	*La porte condamnée* et autres nouvelles fantastiques
4913. Mircea Eliade	*Incognito à Buchenwald...* précédé d'*Adieu!...*
4914. Romain Gary	*Les Trésors de la mer Rouge*
4915. Aldous Huxley	*Le jeune Archimède* précédé de *Les Claxton*
4916. Régis Jauffret	*Ce que c'est que l'amour* et autres microfictions
4917. Joseph Kessel	*Une balle perdue*
4918. Lie-tseu	*Sur le destin* et autres textes
4919. Junichirô Tanizaki	*Le pont flottant des songes*
4920. Oscar Wilde	*Le portrait de Mr. W. H.*
4953. Eva Almassy	*Petit éloge des petites filles*
4954. Franz Bartelt	*Petit éloge de la vie de tous les jours*
4955. Roger Caillois	*Noé* et autres textes
4956. Jacques Casanova	*Madame F.* suivi d'*Henriette*
4957. Henry James	*De Grey, histoire romantique*
4958. Patrick Kéchichian	*Petit éloge du catholicisme*
4959. Michel Lermontov	*La princesse Ligovskoï*
4960. Pierre Péju	*L'idiot de Shanghai* et autres nouvelles
4961. Brina Svit	*Petit éloge de la rupture*
4962. John Updike	*Publicité* et autres nouvelles
5010. Anonyme	*Le petit-fils d'Hercule. Un roman libertin*
5011. Marcel Aymé	*La bonne peinture*
5012. Mikhaïl Boulgakov	*J'ai tué* et autres récits
5013. Sir Arthur Conan Doyle	*L'interprète grec* et autres aventures de Sherlock Holmes
5014. Frank Conroy	*Le cas mystérieux de R.* et autres nouvelles

5015. Sir Arthur Conan Doyle	*Une affaire d'identité* et autres aventures de Sherlock Holmes
5016. Cesare Pavese	*Histoire secrète* et autres nouvelles
5017. Graham Swift	*Le sérail* et autres nouvelles
5018. Rabindranath Tagore	*Aux bords du Gange* et autres nouvelles
5019. Émile Zola	*Pour une nuit d'amour* suivi de *L'inondation*
5060. Anonyme	*L'œil du serpent. Contes folkloriques japonais*
5061. Federico García Lorca	*Romancero gitan* suivi de *Chant funèbre pour Ignacio Sanchez Mejias*
5062. Ray Bradbury	*Le meilleur des mondes possibles* et autres nouvelles
5063. Honoré de Balzac	*La Fausse Maîtresse*
5064. Madame Roland	*Enfance*
5065. Jean-Jacques Rousseau	*« En méditant sur les dispositions de mon âme... »* et autres rêveries, suivi de *Mon portrait*
5066. Comtesse de Ségur	*Ourson*
5067. Marguerite de Valois	*Mémoires. Extraits*
5068. Madame de Villeneuve	*La Belle et la Bête*
5069. Louise de Vilmorin	*Sainte-Unefois*
5120. Hans Christian Andersen	*La Vierge des glaces*
5121. Paul Bowles	*L'éducation de Malika*
5122. Collectif	*Au pied du sapin. Contes de Noël*
5123. Vincent Delecroix	*Petit éloge de l'ironie*
5124. Philip K. Dick	*Petit déjeuner au crépuscule* et autres nouvelles
5125. Jean-Baptiste Gendarme	*Petit éloge des voisins*
5126. Bertrand Leclair	*Petit éloge de la paternité*
5127. Alfred de Musset - George Sand	*« Ô mon George, ma belle maîtresse... » Lettres*
5128. Grégoire Polet	*Petit éloge de la gourmandise*
5129. Paul Verlaine	*L'Obsesseur* précédé d'*Histoires comme ça*

5163. Akutagawa Ryûnosuke	*La vie d'un idiot* précédé d'*Engrenage*
5164. Anonyme	*Saga d'Eiríkr le Rouge* suivi de *Saga des Groenlandais*
5165. Antoine Bello	*Go Ganymède!*
5166. Adelbert von Chamisso	*L'étrange histoire de Peter Schlemihl*
5167. Collectif	*L'art du baiser. Les plus beaux baisers de la littérature*
5168. Guy Goffette	*Les derniers planteurs de fumée*
5169. H. P. Lovecraft	*L'horreur de Dunwich*
5170. Léon Tolstoï	*Le diable*
5184. Alexandre Dumas	*La main droite du sire de Giac et autres nouvelles*
5185. Edith Wharton	*Le miroir* suivi de *Miss Mary Pask*
5231. Théophile Gautier	*La cafetière* et autres contes fantastiques
5232. Claire Messud	*Les Chasseurs*
5233. Dave Eggers	*Du haut de la montagne, une longue descente*
5234. Gustave Flaubert	*Un parfum à sentir ou Les Baladins* suivi de *Passion et vertu*
5235. Carlos Fuentes	*En bonne compagnie* suivi de *La chatte de ma mère*
5236. Ernest Hemingway	*Une drôle de traversée*
5237. Alona Kimhi	*Journal de Berlin*
5238. Lucrèce	«*L'esprit et l'âme se tiennent étroitement unis*». *Livre III de* «*De la nature*»
5239. Kenzaburô Ôé	*Seventeen*
5240. P. G. Wodehouse	*Une partie mixte à trois* et autres nouvelles du green

*Composition Bussière
Impression Novoprint
à Barcelone, le 22 septembre 2011
Dépôt légal : septembre 2011
1er dépôt légal dans la collection : janvier 2010*
ISBN 978-2-07-040266-3/Imprimé en Espagne.

238713